CARTACHE !

du même auteur

CHANSONS de ROLAND (2008), poésie
LE COUP DU CLERC FRANÇOIS (2010) récit
C'EST LE BROL AUX MAROLLES (2011), traminot-roman
CAHOTS DANS LE MÉTRO (2012), traminot-roman
LES CONTES DE LOUIS BLANC-BIQUET (2013) chronique rurale
VOUS FEREZ BIEN D'AMENER VOTRE LANTERNE (2013), comédie
LES CONTES DE LUCI (2013), nouvelles
MANNEKEN PIS NE RIGOLE PLUS (2013) traminot-roman

sous le pseudo   Ron DORLAN
        LE PANTIN DE L'IMPASSE (2011), roman

Georges ROLAND

Cartache !

traminot-polar bruxellois

bernardiennes

La raison, c'est l'intelligence en exercice ;
l'imagination, c'est l'intelligence en érection.
Victor HUGO

bernardiennes
© illustration de Bernadette NEF
© photos couverture RVdb

ISBN: 978-2-9600805-3-7

Site de l'auteur : http://www.georges-roland.com

à mon poepa,

Avertissement

Quiconque voudrait voir dans ces pages une ressemblance avec des personnages ou des faits réels, passés, présents, ou à venir, se tromperait. En littérature comme en chimie, rien ne se crée, tout se transforme. Je ne suis pas responsable d'une loi universelle.

Plusieurs références à la langue proviennent du **Dictionnaire du dialecte bruxellois,** de Louis Quiévreux, éditions de l'Arbre, 2005

Un traminot-polar zwanzé ?
Wadesma da veui eet ? Qu'est-ce donc cela ?

« *Il s'agit d'une approche cybernétique et transcendantale, quasi oulipienne, de la desserte ferroviaire subjacente en milieu urbanisé.* »

Ça, c'est une **zwanze**, tu comprends ? Mais une de technocrate avec une barbe, une épée et un chapeau à cornes et que tu rencontreras pas sur le trottoir gauche en descendant la rue Saint-Ghislain ou dans un **caberdouche** de la rue des Prêtres.

Un traminot-polar zwanzé, c'est net la même chose, sauf que c'est juste le contraire ; c'est un roman policier humoristique qui se passe à Bruxelles.

Tu rencontres là-dedans des tronches colorées au **lambik** racontées par Roza, une rame de métro qui a sa langue bien pendue avec un accent qui ne vient pas du vieux Nice, ça tu as déjà compris, **newo**.

Le commissaire Carmel qui boit de la **gueuze** comme toi tu bois du Cacolac, sa fille Arlette adepte de sports de combat, et madame Gilberte qui va **kocher** les rames au dépôt et qui cause avec ses copines de comptoir de la brasserie Pill de madame Bertha où-ce qu'il y a des anciens et des nouveaux colons du Congo qui viennent se frotter la panse en dégustant un **stoemp** au moambe et saucisses arrosé de **faro** et de **pékèt**. Entre-temps, il y a quelques morts et une enquête de police un peu déjantée. Tout ça dans les rues de Bruxelles.

À la fin du livre, tu trouves un lexique pour si tu es né à Villeneuve-Loubet ou bien que tu habites à Houte-Si-Plou et que tu ne comprends rien à tout ce bazar. *Ara !*

1.

Tu te souviens de Roza, la rame de métro bruxellois qui raconte des histoires ?

Mais cette fois-ci, j'ai pas besoin de te parler dans un parc ; l'histoire, elle est venue à la maison, dans le dépôt du métro, fieu. Ça fait plaisir car j'avais un peu peur de retourner dans les Marolles. À ce qu'il paraît qu'y en a qui sont tombés en bas de leur tabouret de comptoir quand ils ont lu « C'est le Brol aux Marolles ».

Des azaaïnzaaïkers, ou des pisse-vinaigre, si tu aimes mieux, qui sont venus me dire que dans les Marolles, ils ont jamais vu de parc ! Ça je sais aussi. Tu as déjà vu une rame de métro assise sur un banc dans la verdure, occupée à raconter des histoires, toi ?

Moi, j'appelle ça la licence politique.

Dans mes Marolles, (comme moi je les vois, tu vois ?) il y a un parc avec des kneullekes (si tu ne comprends pas un mot, je te rappelle qu'il y a un lexique à la fin du livre) dans un bac à sable, et des moemas qui lisent des magazines avec des vedettes de cinéma dedans. C'est comme ça et pas autrement. D'ailleurs, va une fois voir en haut du Sablon. Qu'est-ce tu vois là ? Un parc ! Juste et net comme je te l'ai dit ! Et il y a même les deux comtes qui te regardent avec des airs de c... de fafoules, comme si ils savaient pas qu'on va les couper leur tête juste après. Ils ont un collant comme les danseuses de la Monnaie, mais une épée et une barbe pour montrer qu'ils sont quand même un peu des hommes. Ça étaient des peis, ça, dis ? Je me rappelle qu'il y en a un qu'on disait La Morale, comte d'Edmond contre, l'autre je me rappelle plus.

C'est une vieille histoire, tu sais ! Longtemps avant le roi Albert. On va pas aller voir dans le dictionnaire pour ça, hein ? D'ailleurs je sais bien que, ou bien tu t'en fous et tu préfères jouer sur les pronostics, ou bien tu le sais déjà, et alors je crèche un inverti.

Donc, on dit que La Morale, on le laisse où il est, avec son copain et son caleçon bouffant.

Alors, mon parc ? Il te plaît pas ? Des grilles tout autour, avec des postures au-dessus des colonnes, pour expliquer que Ware il faisait des sabots, Tiest il ferrait les chevaux, Staaf il coupait des morceaux de tissus pour te faire un plastron, tout ça. Ouille, ouille, j'allais oublier le grand Zenne qui faisait des bijoux en or, dis, tu te rends compte ?

Ça est le plus beau parc de Bruxelles et tu viens me dire qu'il y en a pas ? Bon, oué, le bac à sable, je l'ai un peu inventé, et prétendre que c'est tout près de la rue des Tanneurs, il faut aussi voir par rapport à quoi. Buenos Aires, par exemple, c'est quand même un tout petit peu plus loin. Albert (pas le roi, tu sais, l'autre, celui qui tire sa langue en faisant le metteko comme ça, Enchetaine, ou quelque chose comme ça) il a toujours dit que c'était relatif.

Mais tu vas pas une fois chercher des

ruses, potverdekke ? On est là pour rigoler, boire une demi-gueuze, manger des caricoles si tu aimes ça ou bien jouer au pitchesbak, mais pas pour se sauter dans les crolles, non ? Grand deugeniet que tu cours là !

Et ne pleure pas comme ça en biberant de tous tes bras : tu vas la retrouver, madame Gilberte ! Elle est justement au dépôt, avec l'enginieur et toute la clique. Moi, je croyais qu'on allait de nouveau avoir une grève, et qu'ils allaient

chanter ♪ Vé van Boma ! ♫ et allumer des feux avec des palettes dans la cour. Mais c'était pas ça. Madame Gilberte elle est venue sans son sac poubelle-anorak, et ils avaient pas des têtes à boire de la gueuze au goulot.

C'est quand j'ai vu le commissaire Carmel arriver que je me suis dit qu'il se passait quelque chose de spécial ici. Lui, il doit jamais faire la grève ; normal, tu sais quand même pas en même temps faire la grève et donner des ordres aux flics qui tapent sur les grévistes.

Oué, bon, je sais, j'arrête, mais tu me connais, hein, avec moi, c'est tout droit dihors. Je sais pas m'empêcher de broubeler sur les hommes.

J'avais entendu un grand ramdam du côté de Monique, pendant la nuit, et le sol avait un peu secoué, mais c'est tout. Ils font quand même pas la grève ou je sais pas quoi à cause d'un tremblement de terre ! Ils sont un peu djoum-djoum mais à ce point-là, ça serait triste.

Alors c'était pas la grève. Même le chef du

dépôt était là. Pourtant, lui, on le voit pas souvent tout près des rames. Il travaille tellement fort, ce castar, qu'il doit tout le temps se reposer. Le matin, il monte le petit escalier en fer, il ferme la porte de son bureau, il attend que la secrétaire lui apporte son café, et puis je sais pas ce qu'il fait, mais il a toujours l'air fatigué, fatigué ! Comme un qui n'a pas dormi depuis quinze nuits, car il était parti en vacances avec une rouquine et qu'il a essayé de compter les sproete qu'elle a dans sa figure. Aujourd'hui, il est avec les autres en bas, entre les rames. C'est le commissaire qui a pris son bureau. Pour interroger les témoins, qu'il a dit. Le chef a un peu tiré une gueule mais il devait bien accepter. Le commissaire Carmel, il peut tout faire quand il y a un cadaver qui traîne quelque part.

Bertrand Dughesclain, l'ajoën[1] promu enspicteur depuis l'affaire de la rue des Tanneurs, il doit noter les adresses de tout le monde, et puis il les conduit l'un après l'autre chez le commissaire.

Maintenant qu'il n'a plus son uniforme, il est habillé comme un flicador. Une veste en cuir avec un blojine et des molières. Juste qu'il aime mieux se raser convenablement tous les matins, et qu'il a gardé sa grosse moustache. Comme ça, c'est plus l'agent 15 de Quick et Flupke, c'est un des Dupondt de Tintin (Hergé). Il avait pensé aller au

---

1-dis fieu, je te l'ai déjà dit : quand tu sais pas, vas une fois voir à la fin, il y a un lexique pour t'aider, sinon on va avoir plus de notes que de zwanze, ici

Vieux Marché pour s'acheter un bolhoed et une canne, mais il a eu peur d'en accrocher un paquet sans le faire en exprès, et de se faire embarquer par ses anciens collègues, ils sont tellement zwanzeurs.

Tout marchait bien, donc. C'est juste que madame Gilberte a recommencé à pleurer quand elle a dû aller raconter ce qu'elle a vu ce matin, de Tichke Mosselbeuze, le gardien de nuit, qu'elle a trouvé mort et assassiné dans le dépôt, entre Monique et Agnès, les deux rames tout près de la grande porte, je t'ai déjà parlé de ma copine Monique. Elle savait plus s'arrêter, madame Gilberte. Pleurer, qu'elle faisait ! Quand ça a été son tour d'aller chez Carmel, elle savait pas monter les marches. « Pauvre Tichke, qu'elle disait, un si brave homme ! ». Elle pleurait, fieu, tu sais pas savoir ! Bertrand a dû la soutenir pour qu'elle tombe pas en bas de son sus de slaptitude. Tu vois qu'elle dégringole des escaliers et qu'on aurait un cadaver en plus ! Ça, ça aurait été la journée, dis !

Après, quand ils étaient tous partis, Monique m'a raconté qu'elle avait tout vu. Mais je vais pas te le dire, tu sais. Pas tout de suite. Laisse-moi un peu jouer avec tes pieds, juste le temps d'un livre. Tu n'as quand même pas acheté du vent ! Et puis, il y a des redondissementements... enfin, tu vois ce que je veux dire. Et puis, Monique, elle a vu UNE chose. Moi, je te raconte TOUT. Et je te dis ça avec un langage sur son trente-et-un, ça tu sais, hein ?

Parfois je ziever un peu sur les hommes,

mais c'est juste quand ils commencent à me courir sur la patate, ou quand ils font le kwebus, ou quand ils ont des zotte streike, mais tu me connais, hein, ça dure jamais longtemps. C'est pas comme des ceux que je connais qui n'arrêtent pas avec leur flave proet sur ceci et cela. Sur Roza la Rame, par exemple...

Et toi, qui tu préfères, alors ? Dis-le me le. Moi, hein ? Ça je savais bien. Tu n'aurais pas un boentje pour moi, des fois ? Oué, oué, je crois bien.

Eh ben mennant, je vais te faire apprendre le brusselleir. C'est pas parce que tu habites à Saint-Germain-des-Pieds que tu dois pas apprendre les langues vivantes, hein ? Et puis moi, ma langue, elle est droldement bien pendue, justement. Alors pour les chapitres, au lieu de donner la traduction en français en dessous, je vais te dire l'expression brusseleir en fransquillon, et puis le vrai mot en bas de la page. Ne te casse pas la tête, tu vas comprendre tout de suite.

2. Avec sa bouche pleine de dents[1] (Baba)

Dans le grand hall où l'on remise les rames, le silence de l'aube se trouble d'un énorme grondement. Quelques pigeons attablés à leur petit dèje s'envolent bruyamment, soudain apeurés ; les autres, soucieux de ne pas abandonner les morceaux de pain distribués la veille par madame Gilberte, s'éloignent de quelques bonds, juste de quoi se mettre à l'abri sous les roues d'une rame, puis, le calme revenu, poursuivent sereinement leurs agapes.

Peu à peu, la pleine lumière s'est glissée dans le dépôt, s'infiltrant entre les rames, jusqu'aux rails. Il est cinq heures, Bruxelles s'éveille doucement.

La grande porte coulissante de l'entrée se met en mouvement et libère vers le hall un grand souffle d'air frais, qui balaie les remugles de graisse et de moteurs électriques refroidis. Voici madame Gilberte, avec son seau, ses balais, ses loques à reloqueter, ses peaux de chamois, tout l'attirail nécessaire à la remise en beauté des rames, avant leur départ vers les stations.

Madame Gilberte, c'est la fée du dépôt. Elle vous maquille un phare en œil étincelant, qui jaillira de l'obscurité du tunnel, le long des quais, au grand plaisir des usagers ; elle vous requinque l'intérieur d'une voiture comme si elle sortait de

---

1 à Bruxelles, on dit : Mè eure mond vol tanne

l'usine, c'est hallucinant.

Les barres d'appui sont briquées au produit désinfectant, les sièges débarrassés de leurs souillures, tout doit être pimpant après son départ. Elle connaît chaque rame par son nom, ses coins et recoins ; elle sait où y traquer la saleté. Son travail achevé, elle lui donne un bisou sur le phare et lui dit un mot d'encouragement.

On peut dire d'elle, que c'est une professionnelle. Tout est orchestré à la minute, au millimètre près, comme un rite sacré. Un : entrer, déposer le seau sous le robinet et ouvrir celui-ci ; deux : aller au fond pour allumer les grandes rampes d'éclairage. Pour nettoyer, il faut voir clair. Trois : aller fermer le robinet. Quatre.. !?

Elle jette un hurlement presque animal, qui lui, fait s'envoler toute la volière de pigeons. Là, entre deux rames, entre Monique et Agnès, sur les rails étendu, il y a Tichke Mosselbeuze, le veilleur de nuit. Elle le reconnaît juste parce qu'il porte sa salopette de veilleur de nuit. Sa tête, on dirait du filet américain. Il y a du sang partout, sur les rails, sur le ballast, même un peu sur le quai. Madame Gilberte s'aperçoit qu'elle a le pied gauche dans une petite mare, et y va de nouveau d'un hurlement strident. Elle se rue vers la grande porte, laissant derrière elle comme la trace d'un unijambiste blessé.

Au poste de garde, Lowie Demosse en est justement à se dire qu'il se ferait bien une petite tasse de café pour secouer sa somnolence, lorsqu'il voit arriver, courant comme une folle les bras en l'air, et criant à tue-tête, la femme à journée du dépôt. Elle bute sur un aiguillage et s'étale à plat ventre sur les pavés de la cour, se relève, le tablier et la figure maculés de boue et de cambouis, et reprend sa course.

Intrigué, Lowie sort de son poste et s'avance vers elle :

— Eh ben, mame Gilberte, qu'est-ce qui vous prend de courir comme une *zottin* comme ça ?

— Tichke, geint-elle, Tichke, là... il est mort.

Elle s'effondre dans les bras de Lowie, qui la traîne vers son bureau, l'assoit sur l'unique chaise du local, et se lance dans la préparation d'un café :

— Ça va vous faire du bien, mame Gilberte. C'est dommage que je n'ai pas un peu de genièvre, pour vous remettre.

L'évanouie a soulevé une paupière au nom de l'alcool, mais s'est empressée de la refermer avant que son sauveur ne s'aperçoive de sa revenue à elle.

— Je vais une fois voir ce qui se passe, dit Lowie, je reviens tout de suite. Quand le café est passé, vous pouvez prendre une tasse, si vous voulez. Y a un kilo de sucre et du lait en poudre dans le tiroir d'en bas, mais j'ai plus de cuiller propre pour tourner dedans.

Sur ces mots, il laisse madame Gilberte à ses vapeurs, et se dirige vers le hangar. Au passage, il ramasse une pelle qui traîne là :

— On sait jamais, dit-il en s'avançant l'outil levé. Un cadaver, c'est peut-être aussi un assassin.

Lowie, c'est un courageux, mais pas un téméraire. Il se dit que si Tichke est mort, il n'a pas fait ça tout seul, que quelqu'un a dû l'aider. Alors ce quelqu'un pourrait s'en prendre à lui. « Il n'a qu'à bien se tenir, pense-t-il. Si il se montre, il va prendre une bonne cartache sur sa gueule ! ».

Il a vite fait de repérer les traces alternées de madame Gilberte, suit la piste et se retrouve à côté de Monique, le regard soudain écarquillé : c'est abominable, il a envie de vomir. Ce bon vieux Tichke couvert de sang, la tête écrabouillée !

La main sur la bouche, il court vers son bureau, fait irruption devant madame Gilberte qui en renverse son café bouillant sur son tablier déjà maculé, se précipite sur le téléphone :

— J'appelle la police !

Quand c'est fait, il s'assied sur le bureau, puisque madame Gilberte occupe l'unique chaise, et qu'il n'a pas le courage de s'asseoir sur ses genoux.

— Qu'est-ce que c'est que ça pour un micmac ? J'ai vu rentrer personne dans le dépôt. Et vous savez que quand on ouvre la grille, ça grince tellement qu'on croirait qu'on est chez le dentiste. Je comprends pas. J'ai rien entendu, et j'ai rien vu. Comment c'est possible ?

Madame Gilberte sirote le fond de sa tasse comme un nectar, prélève du bout de la langue un morceau de sucre non dissous au fond, clape avec application :

— Il est peut-être tombé en bas du quai. Ça arrive, ça, qu'on tombe en bas du quai. La semaine passée, j'en ai encore vu un qui *faisait le Jacques* à Tomberg, et qui est presque dégringolé sur la voie au moment où la rame arrivait. Il a su se rattraper à temps, mais quamême. Il était pas *strondzat*, Tichke, hier soir, des fois ? Ça lui arrivait aussi, de venir travailler avec un morceau dans ses pieds. Y faut s'étonner de rien.

Le café lui a redonné des couleurs. Un petit regret, cependant, de ne pas pouvoir l'arroser d'un trait de genièvre, pour adoucir. Mais enfin, quand il n'y en a pas, il n'y en a pas. On ne peut rien faire, en attendant la police. Ils n'ont qu'à rester dans le local du portier, et empêcher les autres de rentrer dans le dépôt. Tiens, voilà justement Jef Matras qui vient chercher Roza. Lowie se précipite au-dehors, attrape le conducteur par la manche :

— Attends, Jef, on peut pas entrer. J'ai appelé la police car mame Gilberte a trouvé Tichke mort assassiné contre Monique.

— Assassiné ? Tu vas quamême pas me dire qu'on vient tuer les gens dans le dépôt ? Mais y a rien à voler, dans le dépôt ! Y vont pas nous chiper une rame, dis, ça pèse trop lourd !

— Le plus grave, c'est que j'ai vu rentrer personne. Tu vas voir que ça va encore une fois tomber sur ma tête, fieu ! Ça va encore être pour mes pieds !

Lowie se verse un petit café, pour tromper

l'attente, tandis que le conducteur se lamente :

— Si je pars pas à l'heure, je vais pas savoir suivre l'horaire, hein, tu sais ça ? Potverdekke, ça marche jamais comme on veut ! Je vais aussi me faire engueuler.

On entend brusquement approcher les sirènes des policiers. Plusieurs voitures bloquent l'entrée du dépôt, les hommes se déploient, pendant que l'inspecteur Laplante, bien connu des services de lecteurs de mes polars, se dirige vers le poste de garde. C'est un garçon courageux, Sylvain Laplante. Pas vraiment fute-fute, mais plein de bonne volonté. Il était déjà bien noté avec l'affaire des Marolles ; on a même vu sa photo dans la gazette, avec le commissaire Carmel et l'agent Dughesclain. Beau grand garçon, avec des cheveux blonds et des yeux bleus, juste comme madame Gilberte les aime. Il est aussi grand amateur et collectionneur, d'armes à feu. Il vous reconnaît un Swiss et Veston, juste à entendre le bruit de sa crosse sur le zinc d'un comptoir de bistrot. C'est dire qu'il a aussi l'ouïe fine. Il n'entre pas, faute de place dans la cambuse étriquée du garde, déjà occupée par trois personnes d'importance.

— C'est vous qui avez téléphoné ? s'enquiert-il à la cantonade.

Sa question est accueillie par un « *oué* » collégial. Rassuré, il demande à être conduit sur les lieux de l'incident signalé. Madame Gilberte se déclare incapable de revoir ça, alors c'est Lowie qui s'y colle. Jef Matras veut accompagner, juste pour voir, mais il est retenu par un type avec une drôle de casquette où il y a « Police » écrit dessus.

— Trop de monde pollue la scène du crime, monsieur, il faut attendre la scientifique et le Parquet.

— Ça va durer longtemps, car moi j'ai Roza à faire sortir, râle Jef. J'ai mon horaire, vous comprenez ? Quand j'ai un quart d'heure de retard, c'est marqué dans tous les journaux le lendemain matin.

— Le bâtiment va sans doute être mis sous scellés, dit l'apprenti-policier.

— Mais potverdekke, alors je sais pas sortir Roza. Ça va encore être de ma faute, tu vas voir, prend-il à témoin madame Gilberte.

Celle-ci lui répond d'un bredouillis des lèvres, qui pourrait tout aussi bien être émis par son anus.

— Och, Jefke, c'est toujours la même chose. On ferait bien mieux de rentrer à la maison. On fera plus rien de bon ici, aujourd'hui.

Ils s'apprêtent à vider les lieux, mais sont retenus par le policier :

— Désolé, mais personne ne peut partir. Il faut attendre le commissaire.

— C'est la meilleure ! s'exclame madame Gilberte. On va devoir rester dans ce kot toute la sainte journée ? T'es pas fou, dis ? Et y a que du vulgaire café à boire !

Elle parvient à bien communiquer l'état d'esprit de rage où elle se trouve, en frappant allègrement le carrelage de son pied gauche.

Le policier avise les traces laissées sur les

dalles par la chaussure de son interlocutrice, puis toise celle-ci avec méfiance :

— Vous avez marché dans quelque chose ?

— Oué, mais c'était pas dans une crotte de chien, car à ce qu'il paraît qu'avec le pied gauche, ça veut dire qu'on va avoir de la chance.

Le vaillant défenseur de la sécurité du citoyen bruxellois se penche, passe un index inquisiteur sur une trace, ausculte le résultat de son prélèvement, y porte le nez. Il y goûterait bien, mais l'endroit où il l'a ramassé est tellement crado qu'il y renonce. Ceci ne l'empêche pas de tirer une conclusion irrévocable à ses investigations ; il s'élance vers le dépôt en criant :

— Chef ! Chef ! Elle a du sang sur sa godasse !

Madame Gilberte se tourne vers Jef en levant les bras :

— Je l'ai quamême pas fait en exprès, hein, Jef. Il faisait encore noir, et c'est quand j'ai allumé que j'ai vu tout ce sang. J'étais tellement paf que je suis même tombée par terre dans la cour. J'avais mis mon pied dans un aiguillage.

— T'as toujours eu beaucoup de problèmes avec tes pieds, toi, hein, extrapole Jef avec philosophie. Ça est comme les baudets : ça crève aussi par les pattes, à ce qu'il paraît.

Dans le hangar, Lowie a fait découvrir à Laplante, l'horrible état du cadavre.

— On ne touche à rien, dit Laplante. Attention où vous mettez les pieds. La scientifique est en route, ils doivent faire leur boulot avant tout le monde.

— Alors pourquoi ils n'arrivent pas avant tout le monde, alors, demande naïvement Lowie.

L'inspecteur préfère ne pas soulever le sarcasme, et descend précautionneusement au niveau de la voie, près du corps mutilé.

— Vous le connaissez ? C'est quelqu'un d'ici ? Un employé ?

— Sûr ! C'est le veilleur de nuit. C'est Tichke Mosselbeuze. Enfin, je crois. Il fait sa ronde dans le dépôt, et il doit passer entre toutes les rames. Moi, je trouve ça bête car on sait pas rentrer ici autrement que par la grande porte, et on est obligé de passer devant ma guérite.

— Et vous n'avez rien vu ?

— Justement, non. Il n'y a personne qui est venu ici depuis hier soir, quand Saïd est revenu déposer Monique. C'est la dernière qui est rentrée.

— Quelle heure ?

— J'ai noté ça sur mon carnet. Car j'oublie vite, tu comprends ? Je dois tout marquer sur mon carnet.

Après tout, ça n'a guère d'importance, pour l'instant. Le nœud du problème est là, devant l'inspecteur : un corps ensanglanté, dont la tête semble avoir été écrasée par un étau de forte dimension, et qui a littéralement explosé. Il est méconnaissable. Sauf à considérer ses vêtements, on serait incapable de savoir si c'est un homme. Il y a du sang partout, sur le ballast, sur les murs du quai, sur la carrosserie des deux rames les plus proches. À côté du cadavre, Laplante aperçoit un portefeuille et un téléphone portable. Il enfile des gants et s'empare du portefeuille.

Quelques billets chiffonnés : vingt-cinq euros, pas une fortune ! La carte d'identité confirme les dires de Lowie. Il s'agit bien de monsieur Jean-Baptiste Mosselbeuze.

— Nous autres, on l'appelait Tichke, indique Lowie. C'était un brave type. Il était pensionné, mais il aimait pas de dormir à la maison, alors il faisait veilleur de nuit. Mènnant, il sera bien obligé de rester chez lui, ça va lui faire drôle.

Au terme de cette oraison bossuique, il écrase un pleur et s'en retourne vers son local de garde ; au passage, il se heurte au policier à casquette qui arrive en courant.

D'un rétablissement agile, Laplante se hisse sur le quai, et à l'instant où il se redresse, le candidat-policier, essoufflé, manque son arrêt devant son supérieur, qu'il bouscule solidement, au point de le renvoyer d'où il sort.

— Doucement, Susse, râle l'inspecteur. Tu vois pas qu'il y a un trou ? Encore un peu et je tombais à côté du cadavre.

Ledit a un regard vers la voie, regarde, réalise, et dépose une gerbe multicolore aux pieds de Laplante.

— Excuse, j'ai pas su me retenir.

Il s'essuie la bouche avec son mouchoir, et poursuit son rapport :

— La femme, chef, elle a du sang à ses

chaussures.

— C'est elle qui a trouvé le cadavre, et il a plein de sang par terre, c'est normal qu'elle ait marché dedans. Tiens, tu vois, toi aussi.

Le gars baisse les yeux, contemple un petit instant sa chaussure posée dans une flaque rouge, et s'empresse de couvrir cette atrocité d'un deuxième envoi de denrées consommées. Un petit rab en quelque sorte.

— C'est plus une scène de crime, c'est un trottoir après une *zatlap partie*, constate Laplante, dégouté. Allez, retourne dans la cahute du garde et ne laisse personne entrer ici. Tu as déjà fait assez de dégâts.

Le stagiaire s'en va, penaud, tandis que l'inspecteur le suit des yeux en faisant « Tt, tt » du bout de la langue. Il y a maintenant deux pistes d'unijambiste, l'une rougeâtre, tournant petit à petit au brun, puis une autre, d'une couleur indéfinie, mais plus fraîche.

— Bonne chance aux experts de la scientifique, soupire Laplante.

Il monte dans la rame voisine, et inspecte. Normal pour un inspecteur. Rien de bien original : des sièges, des panneaux publicitaires, des barres au dessin artistique auxquelles les voyageurs s'accrochent. Aucun indice.

Au moment où il sort de la rame, il aperçoit son chef qui franchit le portail.

Guy Carmel, c'est le commissaire préféré des Bruxellois. Le crime, le meurtre, l'assassinat, rien ne lui résiste. Il a d'ailleurs son club de fans sur internet et ses entrées à la brasserie Pill. C'est dire qu'il s'agit d'une grosse pointure de la police capitale. Même le ministre de l'Intérieur a voulu lui serrer la dextre lors de son passage à l'Amigo. Il était là en qualité d'invité de marque, bien sûr, et s'est empressé de vider les lieux.

Pour l'heure, le commissaire Carmel a été branché sur cette affaire de cadavre au dépôt. La mort brutale l'a toujours fasciné. Il a songé à la rédaction d'une étude sur le désir incoercible de tuer son prochain, mais tout bien considéré, il a plutôt choisi de résoudre des énigmes concrètes, que les conjectures de psychologue amateur. C'est plus passionnant, et puis, au moins, ça rend service.

— Trouvé quelque chose ? s'enquiert-il.

— Rien. On dirait que ce type est tombé du quai, et s'est fracassé le crâne sur le ballast. Mais alors il doit être tombé sur la tête, d'une hauteur de deux cents mètres ! On ne peut pas se faire ça en sautant d'un mètre de haut !

— Joli, constate Carmel. On dirait que sa tronche a éclaté comme une pastèque ; ça a giclé partout. Le téléphone se trouvait là ? Et le portefeuille ?

— Exact. J'ai fouillé. C'est le veilleur de nuit du dépôt, un pensionné du nom de Jean-Baptiste Mosselbeuze. Ils l'appellent Tichke. Je vais lancer une recherche, pour voir s'il a de la famille.

Il s'avance déjà vers la sortie, lorsque Carmel l'intercepte :

— Y a du vomi partout.

— C'est Susse, quand il a vu le cadavre.

Carmel fait la moue, puis, après un regard circulaire :

— Et dans les rames, rien de suspect ? Tu as visité ?

— Oui, chef. Rien à signaler. Je vais aussi interroger cette dame qui a découvert le corps.

Carmel le laisse filer, puis se penche sur le bord du quai. Il ressent tout à coup la montée d'adrénaline, comme à chaque départ d'enquête. C'est parti ! Son esprit se concentre dorénavant sur la résolution de l'énigme. Il entame la partie.

Tichke est couché en travers de la voie, ce qui reste de son crâne posé contre un rail, les pieds contre l'autre. Les bras sont repliés contre le corps, comme s'il était tombé d'une masse. Carmel se dit qu'il est mort sur le coup, que quelqu'un lui a frappé la tête avec un objet lourd, sans doute volumineux, et latéralement. Il imagine le veilleur debout sur le quai, et son assassin lui assénant un tel coup, qu'il a le crâne défoncé, et tombe sur les rails.

Pas plausible. Le mort serait défiguré d'un seul côté. C'est un peu comme si on avait posé la joue de l'homme sur un billot, et qu'on l'eût frappé sur l'autre au moyen d'une masse ou d'un merlin gigantesque. La conjonction des deux objets aurait eu cet effet d'éclatement.

— Je le vois mal poser sa tête sur les dalles, et attendre que l'autre frappe, soliloque le commissaire. Et puis, il y aurait plus de sang sur le quai. Et ce téléphone, qu'est-ce qu'il fout là ?

Il descend sur la voie, enfile lui aussi des gants, et récupère le portable. Revenu sur le quai, il se lance dans une inspection approfondie de l'appareil. Première constatation : il était en communication avec quelqu'un juste avant de mourir. Carmel note le numéro d'appel sur son carnet. Le portable est glissé dans un petit sac de papier, et étiqueté « Dépôt ».

Le commissaire s'approche alors de Monique. Comme on le sait, Carmel est le flic qui chuchote à l'oreille de la rame de métro.

— Toi, tu as tout vu, hein, *crotje* ? Mais tu ne me diras rien, dommage.

Monique ne réagit pas. Elle reste là, inerte, à attendre le conducteur qui doit la prendre en charge aujourd'hui. D'ailleurs, il devrait déjà être là. Ça va encore être un jour de course, pour rattraper le retard. C'est le genre de choses qu'elle n'aime pas. Elle a beau être conçue pour la vitesse, la toute dernière création des ingénieurs avant la rame autonome, (sans chauffeur, celle-là), Monique aime ses aises, se prélasser dans une station, écouter la musique pendant que les voyageurs montent, puis démarrer en douceur, vers l'obscurité, fouiller le tunnel de ses phares.

D'un signe de la main, le commissaire lance un petit bonjour à Roza, garée à quelques mètres de là, puis il sort du hangar.

Entre-temps, les gars de la scientifique se sont pointés, Jacques Goreil en tête. C'est un long maigre, aux allures de croque-mort au chômage, son visage émacié est doté d'une paire de lunettes à grosse monture colorée, aux gros verres de myope. Toujours très collet-monté, il porte un costume noir agrémenté d'un nœud papillon mauve. Des cheveux d'un noir entretenu complètent l'impression de corbeau que dégage le personnage. Derrière les verres, les yeux sur-dimensionnés sont d'un gris délavé.

— Bonjour, Guy, qu'est-ce qu'on a, ce matin ?

— Bonjour, Jacques. Je crois que tu vas aimer. On n'a aucun indice. Ça veut dire qu'on compte sur toi pour trouver quelque chose. Moi, j'ai ramassé un portable. Le voilà. Trouve-moi des empreintes dessus. Mais j'ai bien l'impression que tu vas trouver celles de la victime, et rien d'autre. Peut-être avec les appels. Dans le dépôt, c'est pas brillant. Un de mes gars a eu la bonne idée de dégueuler ses croissants sur les lieux, ça fait un peu désordre. Enfin, bonne chance.

Quittant le chef de la scientifique, Carmel se dirige vers le poste de garde, où l'attend une belle troupe. Laplante a empêché les arrivants d'entrer, et les a regroupés contre la grille maintenant fermée. Tout le monde râle un peu, les uns parce qu'ils veulent travailler, les autres parce qu'ils veulent retourner chez eux. L'arrivée du chef de dépôt crée une diversion. Il secoue la grille, lance de hauts cris, somme les employés de se mettre au travail.

— Pas de préavis, pas de grève ! clame-t-il. Ce n'est pas loyal, de déclencher une grève sauvage à la veille d'un jour aussi crucial pour la compagnie.

Il est vivement abordé par le commissaire qui, après s'être enquis de son identité et de ses fonctions, le fait entrer et le parque avec les autres. Il s'adresse ensuite à eux en ces termes choisis :

— Nous allons laisser les gars de la scientifique et le légiste faire leur boulot. Entre-temps, les inspecteurs Laplante et Dughesclain prendront vos coordonnées, et vous viendrez me trouver dans le bureau du chef de dépôt que je réquisitionne, n'est-ce pas, monsieur Léon Nell.

— Jacques-Lionel des Haunarts, précise le chef de dépôt, pincé. Je souhaiterais toutefois y prendre quelques documents avant votre occupation.

Ce type a de quoi énerver Carmel. Un long maigre, avec une barbiche de mousquetaire, des lunettes d'intello, aux verres ronds cerclés d'acier, et un nom à rallonge, c'est vraiment son genre de prédilection.

— Et quoi encore, rigole le commissaire. Tout ce qui est là-dedans (il désigne le dépôt d'un geste circulaire) est maintenant sous scellés. On ne touche plus à rien. On va entrer par-derrière pour ne pas rester dehors, mais on n'emporte rien. Exécution.

Laplante et ses policiers canalisent tout le monde vers l'arrière du grand hall, où une porte de service permet d'entrer du côté où est stationnée Roza. Le commissaire appelle l'inspecteur nouvellement promu Bertrand

Dughesclain, et tous deux rejoignent Jacques Goreil par la grande porte. Les hommes en blanc s'affairent autour de Monique, prélevant des échantillons, prenant des photos, établissant une zone délimitée par des rubans de plastique.

— Stop ! crie Goreil. Le site est déjà assez pollué, n'en rajoutez pas. Désolé, Guy, mais à part le sang et le dégueulis de ton bonhomme, on ne trouve rien. On va devoir passer tout au microscope. On en a jusqu'en fin d'après-midi.

— Le légiste arrive. Le juge aussi. Nous, on sera là-bas, au fond, dans les bureaux.

— Ça marche. C'est qui, le légiste ?

— Je suppose que ce sera Lamort. Il était là ce matin.

Goreil se fend d'un rire magistral, peu compatible avec son aspect de corbeau:

— Hocus Pocus en personne ! J'adore ! À propos, tu sais pourquoi on l'a surnommé comme ça ? À cause de son bronzage. Hocus Pocus Plattekeis[1] ! Le roi de l'embrouille. Tu lui enlèves ses vêtements, et on croirait voir cinquante kilos de plâtre frais.

Carmel se retient de faire remarquer que lui, Goreil, ressemble plutôt à trente-cinq kilos d'anthracite tamisé. D'un geste discret, il emmène Dughesclain à sa suite, vers le fond du hangar.

1fromage blanc. Il s'agit aussi d'une expression de magicien de pacotille

Il est midi passé lorsqu'un représentant de la direction se présente devant Carmel, avec une requête. Il s'agit d'une brève lettre, expliquant à l'autorité judiciaire que les rames doivent sortir, que le service doit être assuré, et que vingt-quatre heures d'interruption seront considérées comme le maximum admissible. Il s'agit donc de rendre le dépôt opérationnel dès demain à cinq heures, afin de permettre le départ des rames.

— Je dispose de toutes les bénédictions nécessaires, assure l'émissaire au commissaire.

Il n'y a donc plus qu'à s'incliner. De toutes façons, en fin d'après-midi, Goreil et ses sbires auront terminé leur intervention, le légiste aussi. On aura évacué le corps, et on pourra nettoyer les lieux. On ne trouvera rien de plus ici. Carmel se dit que ce n'est pas le moment de chercher les complications. Il marque son accord. Dès demain, le dépôt pourra fonctionner comme d'habitude. Les rames sortiront. D'ici là, aucune intervention de la police ne pourra être entravée sous prétexte du service.

Le chef de dépôt, présent à cette entrevue, ne peut s'empêcher de surenchérir :

— La police n'a pas tous les droits, monsieur le commissaire. Elle doit aussi composer avec les nécessités urbaines d'une ville de plus d'un million d'habitants.

« J'ai bien envie de t'en tourner une, de nécessité urbaine, moi. » songe Carmel en serrant les poings, mais il parle entre les dents comme Gabin quand il joue les durs :

— J'attends que vous fassiez une inspection des deux rames proches de la victime. Je veux dire, technique, vous comprenez ? À fond, s'il vous plaît. Vérifiez tout.

— Je vois, dit le délégué. Vous redoutez un sabotage.

— Je ne redoute rien du tout. Je dirige une enquête avec un cadavre. Et manifestement, il n'est pas mort d'un rhume. C'est donc un suicide ou un meurtre. Vous voyez où je veux en venir ? Vous vérifiez vos machines, scrupuleusement. Pas juste un petit coup de marteau sur une roue, comme j'ai vu faire gare du Midi, hein ? Du sérieux. Un contrôle fait par quelqu'un qui sait de quoi il retourne. De fond en comble. À quatre pattes en dessous des essieux, avec une baladeuse. Et la rame ne bouge pas de place, hein ?

Tout en parlant, il s'est approché du chef de dépôt, a plongé son regard dans les yeux soudain décolorés.

— Vous avez du personnel compétent, monsieur Jacques-Lionel des Haunarts ? On peut compter sur un appui solide de votre part ?

Le chef ne peut que balbutier :

— Je demande à l'ingénieur de tout vérifier dès ce soir.

Le délégué croit devoir ajouter :

— Léonard Deshonelles est un ingénieur remarquable, monsieur le commissaire. Je sais pouvoir compter sur son professionnalisme. Pas vrai, Jacques-Lionel ?

Il y a parfois des olibrius, comme ça, que tu as drôlement envie de leur flanquer une cartache sur leur nez.

Tu sais c'est quoi, une cartache ? Une cartache, c'est une grosse bille comme les gamins jouent avec. Tu as des billes normales, et puis des œils de chat, que c'est des en verre transparent et avec comme une flamme rouge ou jaune à l'intérieur. Ça serait bleu que tu croirais le blème de la police. Et puis tu as les cartaches. Ça sont des œils de chat plus grosses. Quand tu gagnes une comme ça, tu peux dire youpie parce que ça vaut beaucoup plus qu'une autre bille. Au carré ou à putteke, c'est toujours la cartache que tu dois viser. C'est comme la chasse à la balle pelote.

Mais c'est pas de ça que je veux parler.

Une cartache, c'est aussi un grand coup. Quand tu te bats, tu peux recevoir une cartache sur ton nez, et ça fait drôlement mal. Tu vois comme je veux dire ? À Paris, ils appellent ça un parpaing, et à Bruxelles, c'est une cartache.

On pourrait dire que dans ce roman, il y a de la cartache. Ça veut dire que tu peux t'attendre à des distributions de baffes, quoi. Moi, je voulais faire un roman à casaque, mais c'est encore une fois raté.

Qu'est-ce que tu dis ? C'est quoi un roman à casaque ?

Tu as jamais mangé un boestrink avec des pommes de terre casaque ? Mais d'où tu viens, dis ? Ah ué, toi, tu appelles ça des filets de poisson avec des pommes de terre en robe de chambre. *Eh ben voilà : c'est un roman en robe de chambre. Avec des brans de bours comme ça sur le devant et des boutons que tu dirais qu'ils viennent de tomber en bas d'un chêne. Du chic, si tu veux. Moi, j'avais envie de raconter quelque chose avec des fanfreluches autour, plein de violettes comme avec Luis Mariano, et des proutmachères et des gros gnagnas, mais c'est raté. Mon roman à casaque, il commence par une tête comme du kip-kap et du sang tout plein sur mes rails !*

Les autres, ils vont encore une fois dire que c'est de ma faute, que je le fais en exprès de voir des crimes partout, et que j'aime bien raconter des histoires avec du sang qui coule de partout.

Eh bien c'est pas vrai. Moi, tu vois, j'aimerais bien écrire une petite histoire gentille, comme ça, avec un peï qui tombe amoureux d'une princesse, qu'il doit se battre contre des dragons et qu'il y a plein de vilains cocos qui lui cherchent des ruses, mais qu'il gagne toujours. Tu verrais les pennelekkers de la rue Ducale venir sonner à la grille du dépôt pour me congratuler la main ! Tu vois le spectacle d'ici !

À ce qu'il paraît que je n'ai pas un assez bon parlement pour devenir une consœur. Si tu crois qu'eux ils en ont un bon, de parlement, alors tu sais croire aussi que Manneken Pis il tient sa floeit avec sa main droite.

Et c'est pas fini. Tu vas voir qu'après tout

ça y vont venir m'embêter avec mon dépôt ! « Mais y a pas des dépôts comme ça pour le métro ! Elle y connaît rien, cette zieveres ! » Et beaucoup de cinq et de six. Je les entends déjà. Mais tu sais, c'est pas grave. C'est parce qu'ils connaissent pas MON dépôt. Celui de la Wiggewaggestroet, au numéro 1642E. Tu peux aller voir. Mais tu dois prendre le bus car par là y a pas de métro. Ara !

3. Tes pattes en bas de la voiture[1] (Bas les pattes)

Le lendemain. Il est cinq heures, Bruxelles s'éveille doucement.

La grande porte coulissante de l'entrée se met en mouvement et libère vers le hall un grand souffle d'air frais, qui balaie les remugles de graisse et de moteurs électriques refroidis. Voici madame Gilberte, avec son seau, etc. Tu connais la chanson.

Le robinet, les loques à reloqueter, les lumières et... le grand cri ! Potferdekke il y a de nouveau un cadavre ! Tichke est revenu ! Enfin, on l'a rapporté ! Il y a de nouveau plein de sang, comme hier ! Et c'est même pas coagulé !

Madame Gilberte lève les bras au ciel, s'enfuit en chassant devant elle une volée de pigeons.

— Lowie ! Lowie ! Tichke ! Il est de nouveau mort !

Elle traverse la cour au pas de charge, les bras au ciel, se prend le pied dans l'aiguillage, s'étale. C'est le doublon de la scène burlesque de la veille. Le garde sort de sa cahute, incrédule. Il n'a pas le temps de protester, que la brave dame lui tombe dans les bras.

— Mais enfin, mame Gilberte, tu as bu, ou quoi ? Y sait quamême pas être revenu, mort comme il était, le Tichke. Alleï, mettez-vous et bois une tasse de café. Je vais une fois aller voir. C'est

----

1 Pûute van de kouch

bien pour vous faire plaisir, tu sais.

Il se dirige d'un pas pesant vers le hangar, néglige la pelle de la veille. Pas deux fois de suite, qu'on va la lui faire.

— Cette hystérique a tellement eu les *poepers* de retourner dans le garaach qu'elle a rêvé ça. Mais avec tout ça on perd du temps. Jef va bientôt venir chercher Monique et elle sera pas prête. Les bonnes femmes, ça est une drôle de race.

En entrant dans le hangar, il aperçoit la même trace d'unijambiste, qui le mène vers les deux premières rames.

— Qu'est-ce que c'est que ça ? De nouveau du sang ? Mais y ont tout *koché* hier !

Il suit la trace, s'arrête entre Monique et Agnès, et regarde la voie. Après un instant de stupéfaction, d'irritation, d'incrédulité, il fait comme le stagiaire de police Susse, il appelle son ami Hugues, et envoie sur le quai une giclée de pain beurré, de café et de confiture à la fraise prédigérés. Il vient de voir le corps mutilé de Tichke étalé sur la voie, comme il l'avait découvert il y a vingt-quatre heures.

Lowie se frotte les yeux, se donne une gifle, expulse un pet afin de conjurer sa berlue. C'est pas possible, des trucs comme ça ! On a sauté un jour, ou quoi ? Il y a des ratés dans le calendrier ? On est pourtant mardi, aujourd'hui, et hier, c'était lundi. Puisqu'il était au bois de la Cambre avec Triene, et puis ils sont allés au cinéma. Ça, c'était dimanche après-midi. Il a été dormir quelques heures, et puis il a pris son service au dépôt. C'est lundi matin qu'ils ont trouvé Tichke. Les flics sont venus, ils ont fait des photos, ils ont tout inspecté, et l'équipe de nettoyage du dépôt est passée juste avant qu'il retourne chez lui. Tu penses, il a tout raconté à Triene. Alors il a dormi quelques heures, et puis il est revenu au dépôt, ça c'est mardi matin. Et voilà que mardi matin, il trouve Tichke de nouveau mort comme un cabillaud dans la devanture du poissonnier !

C'est en grommelant des « pas possible ! C'est une zwanze ou qu'est-ce que c'est ! » qu'il retraverse la cour vers sa cahute, en prenant garde de bien enjamber l'aiguillage ; il n'a qu'un regard distrait vers madame Gilberte effondrée sur l'unique chaise, et décroche le téléphone. Après un moment d'attente, il hoquète :

— Triene ? Oué je sais, je te réveille. Mais c'est grave. Quel jour on est ?

Son interlocutrice, pas encore bien sortie de son sommeil, se demande si son mari est devenu fou. Il la réveille pour lui demander la date, et prétend que c'est grave.

— Tu te fous de ma gueule, dis ? Tu sais l'heure qu'il est ?

— Oué, il est presque cinq heures et demie, mais quel jour on est ?

Triene se dit que si elle sort de son lit pour aller consulter le calendrier de la cuisine, c'en est fini de sa nuit. Elle répond évasivement :

— Ch'sais pas, moi. Mercredi ?

Lowie lui raccroche le téléphone au nez, forme un autre numéro d'appel :

— La police ? C'est le dépôt. Oué, le dépôt du métro. Y a votre cadavre qui est revenu. Je sais pas, mais il faudrait un peu faire attention à vos affaires, hein ? Les rames doivent sortir et c'est de nouveau baraque ! Vous envoyez tout de suite quelqu'un car ça va pas être une *zwanzpartie* ici. Et ça sait pas recommencer comme hier, non plus ; le patron y va pas être content, c'est pas un bureau de *tchouk-tchouk* bonne affaire, c'est le dépôt du métro, tu sais comprendre ça ?

À l'autre bout du fil, le planton Bart Deghevel note stoïquement. Dans une demi-heure, il termine son service, alors...

Lowie raccroche, un peu sonné. Il se verse une tasse de café, et va quérir dans sa mallette une bouteille à peine entamée de pékèt, qu'il a jugé bon d'amener au travail, après sa découverte d'hier. Une idée excellente, puisque ce matin, on se la bisse. Il trouve au fond du sac un petit verre à goutte, qu'il s'empresse de remplir, puis de vider cul sec.

De son fauteuil, madame Gilberte suit chacun de ses gestes d'un œil soudain attentif. Son odorat expert a réagi immédiatement à l'ouverture de la bouteille, et son œil de lynx s'est à demi ouvert pour un contrôle visuel de l'information olfactive. C'est bien du pékèt : bon, ça ! Le café va être meilleur qu'hier, et on va pouvoir patienter avec plus de sérénité.

— Ah, mame Gilberte, vous revenez. Vous voulez une petite goutte ? Ça te ferait du bien.

Elle ne dit pas non. Ça donne un bon goût au café. Et puis elle en a bien besoin, après toute cette *zieverdera*.

Madame Gilberte a une technique particulière pour s'en jeter un derrière la cravate. Elle a vu ça dans un film. On se met le petit verre contre la lèvre inférieure, on lève les yeux au ciel, puis, d'un coup de reins, on s'envoie le liquide au fond du gosier. La méthode von Stroheim, qu'elle appelle ça.

Émerveillé par le savoir-faire de la technicienne de surface, Lowie émet un petit bruit des lèvres :

— Toi tu sais contre le vent, hein dis ? On dirait que tu as fait ça toute ta vie.

— À peu près. Ça est quamême bon, d'en taper un comme ça dans ses bottes, dit-elle en se resservant un verre, qu'elle vide ensuite dans sa tasse de café. Ça, c'est un café Eugène, qu'il disent à Paris, ça n'est pas mauvais.

Sur ces entrefaites, Jef Matras se pointe à la grille. Une nouvelle fois, Lowie se précipite :

— Non, Jef, faut pas rentrer. Le cadaver est de nouveau là. Je sais pas pourquoi, mais ils l'ont ramené à la même place que hier. J'ai téléphoné à la police. Ils arrivent. Bois un café en attendant.

Le conducteur de rame a plutôt un regard intéressé pour la bouteille.

— C'est du genièvre ? s'enquiert-il.

— Non, du pékèt. Tu en veux un peu ?

— Non peut-être. Ça est justement celui que je préfère.

À ce train-là, le flacon en prend un vilain coup. Le voilà presque vide. L'unique verre passe de main en main, suivi de la bouteille. Les langues clapent, les joues rosissent. On est loin de l'atrocité du hangar. Lorsqu'arrivent Laplante et ses sbires, les trois camarades syndiqués ne sont pas loin d'être pompettes. Une bouteille vide en est la preuve.

— Tu viens chercher les vidanges ? crie Lowie au policier. Si tu en amènes une pleine, tu peux rentrer. C'est comme pour George de la tévé : pas de pékèt, pas de *zwanzpartie*.

L'inspecteur déploie ses hommes. Il se montre tout de même un peu dubitatif. Si ces hurluberlus ont fait la fiesta, il pourrait s'être déplacé pour rien. Dans ce cas, ça va barder. Ils risquent bien de poursuivre la journée en cellule de dégrisement.

Il change d'avis lorsqu'il entre dans le hall : même topo que la veille. Du sang, la piste de l'unijambiste. Ils n'ont rien nettoyé, hier, ces cocos ? Il s'avance, repère la gerbe sur le quai, s'imagine qu'il s'agit de celle de son stagiaire d'hier. Pas croyable ! Au lieu de nettoyer, ils se sont bourré la gueule ! Puis, entre Agnès et Monique, il doit se rendre à l'évidence. Il y a un corps lové entre les rails, exactement comme hier, la tête écrasée, baignant dans une mare de sang. L'inspecteur aussi se pose des questions temporelles, du genre « Quel jour on est ? On est aujourd'hui ou on est hier ? ». Le cadavre est toujours méconnaissable, il porte la même salopette, les mêmes chaussures de sécurité.

Cette fois, il n'y a pas de portefeuille, son téléphone portable est remisé dans sa gaine. Donc, on n'est pas hier. Donc, c'est aujourd'hui, avec un nouveau cadavre, d'un autre jour. Mosselbeuze, on l'a transporté hier au centre médico-légal. Il n'a pas pu en sortir. Ce type-là est mort comme le veilleur de nuit, mais ce n'est pas lui.

Là, ça devient du meurtre, c'est sûr. Du meurtre en série. Oh, la la, Carmel va adorer ça.

Il appelle le commissariat, et demande son supérieur. C'est le commissaire Turpin qui est de service :

— C'est quoi, encore, questionne-t-il d'un ton rogue.

Il n'aime pas être dérangé en pleine partie de solitaire sur l'ordinateur. Lorsque Laplante lui expose les faits, il pousse un énorme soupir, dont le souffle puissant balaie le bureau de quelques feuillets dédaignés :

— C'est un boulot pour Carmel, ça. Moi, je suis surchargé pour le moment. Dès qu'il arrive, je te l'envoie.

Il raccroche sèchement, et se replonge dans sa réussite. Ce crétin allait lui faire rater une finale en beauté : quatre colonnes terminées d'un coup ! Une apothéose !

Furieux, Laplante passe à l'interrogatoire des témoins, mais se rend très vite compte de leur état d'ébriété avancé, et renonce. On va les emmener au poste et Carmel se débrouillera.

— Allez, on y va.

— Où c'est qu'on va ? bredouille madame Gilberte.

— Au commissariat. On va prendre votre déposition là-bas.

— Mais y a rien à boire, chez vous autres, proteste Lowie.

— Y te disent toujours de te mettre à table et y te donnent rien à boire et rien à manger, surenchérit Jef. Moi, j'aime pas d'aller là. Ça pue et y a plein de clodos et de soulots et des cogneurs de la rue d'Aarschot. Tu as de la chance quand tu sors entier avec toutes tes dents.

Laplante appelle un de ses hommes, et lui intime l'ordre de garder la grille. Personne n'entre dans le hangar. Susse va aller faire un tour du côté du cadavre (Moue dégoûtée de l'intéressé)

— Et ne pollue pas la scène de crime, hein ? Si tu dois remettre, tu mets ta main sur ta bouche et tu sors du hangar d'abord. Et n'écarte pas les doigts !

Entre-temps, son portable se met à jouer « Ramona ». C'est Carmel.

— Oui, chef, au dépôt. Il y a un nouveau cadavre.

Il hoche la tête en écoutant les ordres :

— Je pensais ramener les témoins au commissariat, dit-il.

— Et le cadavre, tu le laisses tout seul avec un auxiliaire, proteste Carmel. Tu es fou ? J'arrive d'ici cinq minutes. Vous ne bougez surtout pas. Empêche les arrivants d'entrer dans le hall. Dughesclain n'est pas encore arrivé ?

— Non chef. Bien chef. D'accord chef. (Il coupe la communication et s'adresse aux témoins) On reste ici. Le commissaire arrive.

Les autres poussent un soupir de soulagement.

— J'aime mieux ça, décrète madame Gilberte. Ici, au moins, on sait faire du café.

— Ça c'est vrai, ajoute Lowie. D'ailleurs, y en a du prêt. Qui veut une tasse ?

— Mais la bouteille de pékèt est vide, déplore Jef. T'en as pas une autre dans ton sac, Lowie ? Si j'aurais su, j'aurais passé chez Polle pour en acheter une. Dis, monsieur l'inspecteur, je peux pas y aller ? C'est juste derrière le coin. Je m'encours pas, tu sais, c'est juste car il y a plus de vitamines. Madame Gilberte elle risque de *tomber de son sus*, elle a sûrement besoin d'un petit vulnérable.

À la brasserie Pill, les conversations vont bon train. Après le procès de Troudux et compagnie, les camps de réfugiés au Kikavu, la foire de Bruxelles et les nouvelles recettes de la patronne, Bertha Dejemappes, ce sont les cadavres du dépôt du métro qui défraient la chronique et font l'objet de maintes discussions philosophiques. Chacun possède une opinion qu'il juge indispensable de communiquer à l'assistance. Deux corps avec une tête réduite en *kip-kap*, ça vous stimule l'imagination. Il y en a qui voient des extra-terrestres géants qui sucent le cerveau, avec implosion consécutive, d'autres qui, ayant lu Jarry, parlent de décervelage, d'autres, enfin, qui prétendent que Jack l'Éventreur s'est réincarné à Bruxelles et que faute de ventres de prostituées, il s'attaque au cerveau des hommes. C'est hallucinant, cette propension des gens, à se répandre dans l'onirisme débridé. Surtout après quelques verres de boissons plus ou moins alcoolisées.

Derrière son comptoir, Marcel Grognard, le patron, a lui aussi son opinion, qu'il répète pour la trente-quatrième fois aujourd'hui :

— C'est une bête, que je vous dis. Ça rode pendant la nuit dans les endroits déserts, et puis, quand ça rencontre une proie, ça saute dessus et lui bouffe la cervelle.

— Ah oué, c'est bon, de la cervelle, remarque une cliente accoudée au zinc pour ne pas s'écrouler. Moi, j'en donne toutes les semaines à mon *ket*. Tu devrais voir ça : mènnant il est presque aussi malin que le chat, mon *ket*.

Avant qu'elle ne s'écroule définitivement

devant le comptoir, Marcel y va d'un large et vibrant acquiescement :

— Tu as bien raison, Vie, je le disais encore hier contre Bertha. Il faut manger plus de cervelle. Ça est bon pour le cerveau.

Les habitués, dans la salle, opinent en chœur. On est à deux doigts de réclamer une tournée générale de cervelle.

Marcel s'empresse de revenir à l'affaire du dépôt :

— C'est encore une fois le commissaire Carmel qui est sur le coup. Tu sais, Kanga, ça est celui qui est venu ici après l'affaire du *peï* avec des dents en moins, mais oué, tu te souviens quamême, le drôle de type qui avait laissé un paquet de *poen* dans son loden. Tu as quand même lu ça dans C'est le Brol aux Marolles ?

Kanga, le serveur congolais, également impliqué dans cette affaire, branle le chef :

— Oui, je me souviens. C'est un chic type. Le commissaire, pas l'édenté. Il a même sauvé Jules, vous vous souvenez, patron ?

— Ça doit pas te faire renverser de la sauce dans le décolleté de madame Godelieve, pour ça, hein ! Arrête une fois !

Kanga se rend compte de sa maladresse, et va pour frotter les taches de sauce. Madame Godelieve jette un grand cri :

— Mais y veut me peloter, ce grand nègre ! T'as vu ça, Wannes ? Il mettait sa main sur mes nichons.

L'interpellé est loin de réclamer des droits d'exclusivité sur les appas de sa compagne. Il en a vu d'autres lors de leur séjour dans l'ex- colonie.

— Ça serait la première fois, peut-être ? dit-il d'un ton gouailleur. À Port Franqui, ils faisaient la file devant notre villa.

Madame Godelieve se renferme dans un mutisme boudeur, tandis que Marcel tente une diversion.

— Ware ! Tu nous joues une valse ? Je vais ouvrir le bal avec la grosse Bertha.

C'est devenu une tradition à la brasserie Pill : chaque mardi, dès cinq heures de l'après-midi, *Ware et ses Klachkoppe*[1] viennent égayer l'ambiance d'un trio accordéon, guitare et batterie. Ça dure jusque tard dans la nuit. En fin d'après-midi, Marcel le patron ouvre le bal avec sa dame, et on danse hardiment sur les vieux airs des années d'après-guerre. On se croirait chez *Maxim's* de la bonne époque.

Le couple de tenanciers virevolte sur les premières mesures de *Zatten Dreï*[2], bientôt rejoint par d'autres danseurs. Ça leur rappelle le bon temps. Port-Franqui et ses soirées leur reviennent à l'esprit. Sauf qu'aujourd'hui, les boys dansent aussi. Les couples pies se forment, se lancent sur la piste dégagée rapidement par Kanga, et les musicos musiquent avec ardeur.

1-Édouard et ses Chauves

2-déformation du titre : « J'attendrai » dont la traduction serait : Le soûlard André

Après quelques tours de piste, Marcel abandonne Bertha à hauteur du bar. Pas question de laisser la caisse seule pendant trop longtemps. Il va rejoindre le groupe d'anciens à la tablée de l'entrée. On va se taper un carton entre amis.

— Un *bûum* ou deux ? s'informe *Lange* Wie, un long maigre pas rasé qui ne quitte jamais sa casquette, même les rares fois qu'il prend une douche.

— On fait comme d'habitude, réplique un petit rondouillard teigneux. Toi, tu veux toujours aller plus vite que la musique. Si on fait comme tu dis, dans une heure on est *scheilzat* ! Une tournée le bûum, c'est plus une partie de cartes, c'est la *Zatte Processe* !

— Tu sais bien qu'y zwanze, hein, Diseré, intervient le patron, et toi tu marches chaque fois comme un seul homme.

Marcel est soucieux de maintenir le sang-froid de ses partenaires. Il tient à la sérénité de son établissement, et déteste perdre aux cartes.

Mais, à peine assis, il se lève d'un bond : un type cagoulé, armé d'un pistolet, fait irruption dans la salle, et menace les clients :

— Tout le monde contre le mur ! C'est un hold-up !

Il y a un moment d'hébétude dans la salle, puis tout le monde plonge sous sa table respective. Les accoudés au comptoir font un plongeon par-dessus, et se retrouvent accroupis aux côtés de Bertha. Chacun consulte son voisin du regard : il se passe quoi ? C'est la guerre, ou qu'est-ce que c'est ?

Marcel, lui, n'a pas bougé. Il assiste à la répétition de la scène de l'édenté. Mais cette fois, on ne va pas le prendre de vitesse. Ce holduppeur, il le reconnaît !

Furibond, il lui arrache sa cagoule, et lui allonge une double cartache sur les joues :

— T'es devenu fou, dis ? Tu vas faire peur aux clients ! Je commence à en avoir marre de tes simagrées, tu sais, Léon ?

L'irrupteur se tourne, penaud, vers la salle, et s'excuse. C'était une blague.

— Eh bien c'est pas de très bon goût, renchérit Marcel. On sait bien que tu aimes faire des farces, mais ça, j'apprécie pas. Allez, viens boire un godet. C'est ma tournée, pour me faire pardonner mes beignes. Mais tu dois comprendre que depuis l'histoire de l'édenté[1], les clients paniquent quand il y a un type qui rentre avec un flingue.

Il fait signe aux *Klachkoppe* qu'ils peuvent reprendre à la 22e mesure, puis entraîne son invité vers le bar. Léon, c'est l'ami de toujours, le compère de toutes les blagues.

— T'as entendu parler de l'affaire du dépôt du tram ? Deux cadavres en deux jours, c'est beaucoup, hein ? Madame Gilberte m'a dit qu'elle passerait pour me donner des nouvelles, mais avec elle, c'est peut-être aujourd'hui, ou alors demain,

---

1voir C'est le Brol aux Marolles

tu la connais.

Léon Dingaut, l'irrupteur, réclame une chope de kriek, et prend le temps de la vider cul sec avant de répondre :

— C'est la femme de ménage qui va *kocher* les rames de métro, ça ? Je la connais comme-ci, comme ça, parfois on se croise au marché, mais pas plus. Elle vient souvent ici ? Je l'ai jamais vue.

— Elle est copine avec ma Bertha. Quand ces deux-là sont ensemble, tu sais plus en placer une, *fieu*. Elles étaient à l'école à Luluabourg, et quand elles se souviennent de cette époque-là, elles ne finissent pas.

Le patron est distrait par un client qui agite vigoureusement un verre vide. Il tire une nouvelle chope à la pompe, racle artistiquement la mousse superflue, et va servir l'assoiffé. Pendant ce temps, Léon réclame une nouvelle kriek, que Bertha lui tend de la main gauche, alors que de la droite elle sert un petit verre de fine. Le tout avec une précision scientifique.

Elle est ambidextre, Bertha.

Le dada de Léon Dingaut, c'est l'*enkriekement* des « chicons » comme il les appelle. Le jeu consiste à choisir une personnalité en vue, si possible quelqu'un de pas respirable (il a l'embarras du choix), de le guetter lors d'une de ses sorties officielles, puis de l'arroser d'un ou deux seaux de trois litres de kriek en chantant:

« *Santé, santé, santé, t'es on-onze tournée*[1] ! ». La farce se termine souvent par le dépôt d'une plainte par l'*enkrieké*, suivi d'un séjour au commissariat, et une forte amende pour l'*enkriekeur*. Quand on aime on compte pas, et Léon a fait des émules. Il dispose aujourd'hui d'un club, surnommé Léon et ses Brasseurs.

— Youp ! Arrosons ! C'est bon pour les Chicons ! clame Léon à la cantonade, en levant son verre.

Tout le monde s'esclaffe, dans la brasserie. L'*enkriekeur* est bien connu de tous, et ils apprécient ses frasques, surtout lorsqu'elles se font au détriment des gens en vue. C'est toujours de bon aloi, de fustiger les crâneurs. Les clients aiment moins quand il braque la brasserie avec un revolver en plastique imitant à la perfection un Swiss et Veston de la bonne année.

La salle ressemble à un damier d'échecs : rien que du Blanc et du Noir. Comme on le sait, la brasserie Pill est le quartier général des anciens et nouveaux colons. Tout le monde se tape sur le ventre en évoquant le bon vieux temps. Les Blancs, surtout. Il n'empêche que l'ambiance reste bon enfant, on pourrait dire : bruxelloise.

— Salue, la compagnie, fait madame Gilberte en poussant la porte et se précipitant vers le comptoir. *Och*, Bertha, donne-moi vite une demi-gueuze, que je reviens sur mon *sus* !

La patronne, obligeante, lui sert sa

1-chanson à la mode. « C'est notre tournée ! »

consommation en lui effleurant les deux bajoues :

— *Amaï*, Gigi, qu'est-ce que tu as vécu, ces deux jours ! Deux morts assassinés dans ton dépôt, et c'est toi qui les trouves tous les deux ! Tu as crié, quand tu les as vus ?

Madame Gilberte se concentre sur son verre, qu'elle vide d'un trait lent et puissant, en apnée totale. Lorsque la dernière bulle de mousse a disparu, elle lâche un grand soupir entrecoupé d'un rot de la plus belle intensité, et décrète :

— Ça fait du bien par où ça passe. Alleï, donne-moi z'en encore une, celle-là n'a fait que passer, je l'ai pas bien goûtée.

Ce n'est qu'après un cul-sec du deuxième verre, et la présentation d'un nouveau, bien rempli, celui-là, qu'elle se décide à raconter.

— Si ça tenait qu'à moi, je remets plus les pieds dans ce dépôt, éructe-t-elle en caressant la buée formée sur son nouveau verre. J'avais jamais vu ça, tu sais, Bertha. Un mort sans tête, tu te rends compte ? Il était tout *crabouillé*, on voyait plus ses yeux, et même pas ses cheveux ! Et mon pied, dis, j'avais mon pied dans une flaque de sang de Tichke !

Elle se remet à pleurer d'importance, tandis que Bertha fait le tour de son bar, la prend aux épaules :

— *Alleï, alleï*, on est là, tu peux pleurer tout sur mon épaule. Mais fais attention à ma blouse, c'est une neuve depuis avant-hier. Je l'ai achetée au triangle d'or, chez Mette le Juif ; tu aimes bien ? Tiens, bois encore un coup pour te remettre. Tu veux quelque chose de plus fort ? Un rhum ? Du cognac ?

Entre deux larmes, le regard de Gigi se fait soudain tendre :

— *Èke* du cognac ! J'aime pas de trop les trucs colorés. Et le rhum je bois ça que le dimanche soir chez les Latinos. Tu n'as pas un petit blanc, des fois ? Ça va mieux avec la gueuze, et puis j'aime pas de faire des mélanges.

Tout en laissant sa copine lui verser une grande rasade d'alcool, elle continue ses jérémiades :

— Lundi, j'avais déjà pas envie d'aller travailler, car j'avais un *morceau dans mes bottes* quand je suis rentrée chez moi dimanche soir. Une jeune femme comme moi ça a quamême le droit de s'amuser le dimanche soir, hein ? J'avais allé en bas de la barrière Singilles ousqu'y a un *caberdouche* qu'on danse du latino, justement. Les *peïs* ils te prennent comme ça, y te plient en deux en arrière et leur bouche vient contre ta bouche que ça te fait plein des *kilikilis* dans ton dos. Et puis tu bois des trucs exotiques avec du rhum et des autres choses dedans, que ça te monte à la tête. Je peux te dire que j'étais un peu paf quand je suis retournée à la maison. Mais j'étais toute seule, tu sais, le beau Cubain que je dansais avec, il est resté là-bas. Pourtant j'avais mis du parfum et je sentais bon, dis, c'était le truc de la publicité où tu vois tous les hommes qui tombent faibles quand la femme passe car elle a mis le parfum. Mais chez moi, ça a pas l'air de marcher.

— Il avait peut-être pas encore vu la publicité, ton beau Cubain, rétorque Bertha. Et alors, hier matin, comment ça s'est passé ?

— Quand j'ai vu le corps de Tichke avec une tête comme un spaghetti bolognaise vomi, ça m'a tourné le cœur. Je l'ai dit à Lowie que je ne retournerais pas.

— Mais tu l'as quamême fait, insiste Bertha.

— Qu'est-ce que tu veux ? Je sais pas donner mon *renon,* car j'aurais même pas droit au chômage. Il faut bien que je retourne travailler si je veux manger tous les jours, payer mon loyer, boire ma demi-gueuze et pas trop faire de *pouf...*

— Et aussi pour tes cocktails exotiques au *caberdouche,* pour draguer les latinos, intervient Léon Dingaut, qui s'est subrepticement rapproché et écoutait la conversation.

— *Och,* toi avec tes zwanzes ! Fous-lui un peu la paix. Tu vois pas comme elle est malheureuse ?

Tout en prenant la défense de son amie, Bertha se verse une chope de kriek. Quand on vous disait qu'elle est ambidextre.

— Et c'est pas tout, renifle madame Gilberte. Ah non, c'est pas fini ! Car ce matin, *bardaf* ! il était de nouveau là ! Le cadaver de Tichke avec sa tête en *kip-kap* ! Tu te rends compte, Bertha ? J'avais déjà tellement peur de retourner, et puis ça recommence ! C'est pas permetté ! Le bon dieu il sait quamême être mauvais avec moi, tu trouves pas ?

— Et qu'est-ce qu'ils ont dit, les policiers ? Comment ça se fait que ce corps était revenu ? Ils l'avaient ramené, ou quoi ? s'informe Léon. Il n'est pas revenu tout seul !

— Non, non. Ils savaient de rien. Ils étaient tous paf de le voir de nouveau là. Au début, ils m'ont pris pour une *onnûzel* qui sait pas ce qu'elle raconte, mais quand l'enspicteur a vu, il a comprenu que Tichke il était revenu. Tu aurais dû voir leur figure ! Le commissaire Carmel, il savait pas de chemin avec ses hommes. Tout le monde courait dans tous les sens et le *peï* tout noir avec des grosses lunettes n'avait pas l'air content.

— Ça fait que les rames sont pas sorties, alors ? C'est les gens qui vont au boulot qui ont dû être contents ! constate Bertha. Moi, je m'en fous, je viens avec l'autobus. Mais il y en a beaucoup des qui prennent le métro, le jour d'aujourd'hui.

Madame Gilberte profite de l'intervention pour vider sa gueuze par-dessus sa rasade de pékèt.

— Tu ferais bien de manger quelque chose, conseille Bertha. J'ai un reste de lasagne, si tu veux. J'ai fait ça hier en plat du jour.

Madame Gilberte sort une langue particulièrement chargée en refusant l'offre :

— *Èke* non ! Encore de la sauce tomate ! Si

j'y pense encore je vais tout remettre. Donne-moi encore une gueuze. Là où le brasseur passe, le boulanger doit pas passer.

Léon, qui en a un peu marre de toutes ces digressions féminines, insiste pour connaître la suite. Madame Gilberte se lance alors dans un récit qui, n'étant pas celui de Théramène, se voit entrecoupé de rots, vite noyés d'une gorgée de bière, nonobstant son caractère tragique.

— Lundi, c'est le chef de dépôt qui a insisté pour qu'on remette les rames en route. Le commissaire lui a promis qu'il pourrait les lâcher à partir de mardi matin. Quand les *peïs* du Parquet sont partis, et qu'on avait enlevé le corps de ce pauvre Tichke, Carlo et Aziz ont pu commencer à nettoyer. Ils ont dû taper dix kilos de sciure pour ça ! Dix kilos ! Le gros Carlo m'a dit que ça partait pas, sur le carrelage. Le sang restait collé. Ils ont dû gratter avec une pelle pour l'enlever. *Och*, c'est horrible ! Heureusement, moi, j'étais rentrée à la maison, j'ai rien vu de tout ça. Et puis ce matin, j'avais quamême un peu *les poepers* de retourner dans le dépôt. Mais Lowie disait que c'était rien. Alors j'ai pris mon courage à deux mains et j'ai été. C'est ça qui était le plus grave, Bertha, c'est de voir de nouveau ce corps de Tichke, comme je l'avais déjà vu lundi matin. Tu sais pas ce qui se passe, tu comprends ? Tu sais pas si c'est du lard ou du cochon. Tu crois que tu deviens *djoum-djoum*, ou que tu as trop bu.

— Oué, bois un coup, Gigi, acquiesce

Bertha.

Léon, qui était accroché au récit, se souvient qu'il a lui aussi une consommation à expédier, ce dont il s'acquitte pendant la pause. Bertha contemple d'un œil expert les deux pommes d'Adam faire du yoyo dans les gosiers respectifs, en se disant que le bon dieu avait tout de même eu une bonne idée, d'inventer la boisson. Non seulement elle réconfortait les gens, mais elle lui permettait d'exercer son métier.

Lorsque madame Gilberte repose son verre, elle envoie dans le visage de sa copine une longue bouffée d'air qui n'a rien de marin, et qu'elle ponctue d'un grand « Aahh » de réplétion.

— Lowie, quand il est revenu, il était blanc comme un *singlet* dans l'armoire. Il savait plus parler. Au lieu d'appeler la police, il a téléphoné à sa femme pour lui demander quel jour on est, tu te rends compte ? On aurait dit un qui a mangé des *caricoles* et qu'elles reviennent en marche arrière. D'ailleurs, il a dégobillé sur le quai, tellement ça l'a pris. Et l'enspicteur de police qui voulait pas me croire ! Quel bazar ! Tu sais que finalement, c'est ça qui m'a le plus tapé sur mon système ? Que personne voulait me croire ? Qu'ils se sont tous dit que j'étais devenue *maft*. Ça m'a été loin, tu sais ? Je l'ai dit au commissaire...

C'est là qu'elle permet à Léon de saisir sa chance. Elle cherche le nom du commissaire, et l'enkriekeur en profite pour l'interrompre :

— Oué justement. Qu'est-ce qu'il a

raconté, le commissaire Carmel ?

Heureuse de cette intervention opportune, Gilberte tapote le bras de Léon :

— Caramel ! Je savais plus si c'était boule ou chique, ou chiklette ou quelque chose comme ça. Mais c'est commissaire Caramel. Eh bien : les deux fois, il a interrogé tout le monde, même que le chef de dépôt était pas content car il pouvait plus aller sur son bureau. Les *peïs* avec des salopettes blanches sont de nouveau venus, et le médecin-logiste aussi est venu voir. Personne comprenait rien. C'est seulement à la fin de la journée, maintenant, que le gros enspicteur, tu sais, celui qui faisait la circulation à la rue Belliard, et puis qui faisait gardien de parc, et puis qui est devenu enspicteur... Tu sais bien, Bertha. Comment y s'appelle encore ?

— Ah oué, celui-là qui vient parfois manger ici. C'est Bertrand.

— Bertrand Dughesclain, précise Léon.

— Oué. Eh bien çui-là il a dit comme ça qu'il manquait quelqu'un. Il avait fait une liste de tous ceux qui étaient là le lundi, et puis aujourd'hui il n'avait pas le même compte que lundi. Il en manquait un.

Elle prend un air de conspirateur, tandis que ses locuteurs se penchent vers elle, transis d'inquiétude.

— Et qui c'était ? Qui est-ce qui manquait ? demandent-ils en duo d'alto et baryton-basse.

— L'enginieur. Tu sais, le beau garçon que je t'ai déjà parlé, Bertha. Un blond, comme ça, avec des yeux si bleus que tu te crois à la Côte d'Azur. Il était plus là.

Les deux autres n'osent plus parler. Ils sont accrochés à ses lèvres, attendent des éclaircissements, des précisions. Le récit devient poignant. Toutefois, Léon esquisse un petit signe à l'attention de la patronne : « Verse m'en encore un, s'il te plaît ? », ce que Bertha comprend et exécute sans quitter des yeux la bouche mousseuse de madame Gilberte, qui continue :

— D'abord, ils ont cru que c'était lui la sassin. Qu'il avait *joué schampavee* après son coup. Le commissaire *Kalich* a alerté tout le monde sur les routes et dans les gares et à l'*aréoport*.

— Carmel, souffle Léon.

— Oué Kalich, Caramel, Babelutte, je sais jamais me rappeler. C'est pas grave, quamême, c'est toujours des boules à sucer. Et puis tu vas cesser de m'asticoter comme ça avec ton *fransquillon* de chez Proutmachère, hein, Léon, ça commence à me galoper sur mon système. Quand je cause avec ma copine, tu n'as pas à venir t'émisser dans notre causement.

— Ça c'est vrai, surenchérit Bertha. Va une fois voir si on n'est pas tout près de Marcel...

Mais Léon n'est pas de ceux qu'on évince si facilement. Il se contente de vider son verre, d'en commander un nouveau, et de souffler en aparté :

— S'immiscer, madame je sais tout. On dit s'immiscer dans notre causerie.

— Je t'entends encore grommeler, dis ? lance Gilberte d'un ton péremptoire, puis, se tournant ostensiblement vers Bertha, poursuit son récit. C'est quand le croque-mort est arrivé qu'ils ont compris. Tu sais, le médecin-logiste. Celui-là, dis, Bertha, tu devrais le voir. On dirait qu'il sort d'un carton à chapeau. C'est juste qu'il a pas un *Trois-François* et une *jugemeen* à sa boutonnière. Un m'as-tu-vu juste comme tu aimes. Il est bronzé comme une livre de *plattekeis* et quand il rigole, tu dirais Gracula. Et tu sais pas la meilleure : comment il s'appelle ?

Elle a un regard féroce pour Léon :

— Ce nom-là, je me rappelle bien ! C'est Lamort. Tu te rends compte ? Heureusement qu'il s'occupe que de cadavers, car moi j'irais jamais au médecin chez un *peï* qui s'appelle Lamort !

— Moi non plus, opine Léon.

Regard de braise de Gilberte, qui continue :

— Ce Lamort a donc ausculté le mort. Il a retiré tout de ses poches, et il y avait un portefeuille. Sur sa carte d'antiquité, il y avait marqué : Léonard Deshonnelles. C'était l'enginieur, la deuxième victime.

— Et tu n'as pas vu que c'était lui ? Tu l'avais pas reconnu ? bèle Bertha. Pourtant tu le connaissais bien, tu disais qu'il était si beau garçon.

— Reconnu ? Avec sa figure plate comme une figue, et du sang partout ? Tu devrais une fois essayer, on rigolerait aussi de toi ! Comment tu veux reconnaître quelqu'un qui a une tête comme un filet américain ? s'offusque madame Gilberte. Comme ça, il était plus aussi beau que ça, tu sais.

— Mais ses vêtements ? insiste Léon.

— Il avait une salopette comme Tichke. Moi j'ai cru que c'était de nouveau lui. Encore un peu je pissais dans ma culotte de trouille, et toi tu voudrais que je commence à regarder si son costume est gris et si il a une cravate en flanelle ! Tu sais quoi ? Je voyais que sa tête ! Enfin, ce qui restait de sa tête. J'allais pas aller chipoter à ça, dis, tu as bu, ou quoi ?

Cette fois-ci, j'ai tout vu. Comment ça s'est passé avec l'enginieur, pourquoi ça s'est passé. Tout. Mais je vais rien dire car tu me croirais pas. Tu dirais que je zwanze encore une fois, ou que je suis aussi sotte qu'une porte de derrière[1]. Eh bien tu vas voir : il y a toujours une explication. La plus simple est la meilleure, même si au début tu te dis que c'est pas possible. Toi, tu sais pas imaginer que un plus un ça fait pas deux. Pourtant, je te garantis que parfois, ça fait un et parfois, ça peut même faire plus que deux. C'est pas à la tévé qu'on t'apprend des choses comme ça, hein ? C'est car ils sont trop sérieux. Ils ont une mission culturelle, comme ils disent. Ils font de l'enstruction des masses. Alors ils peuvent pas venir te raconter que le petit Jésus il habite dans un pommier[2] parce que sinon tu vas plus jamais les croire. Ara !

Déjà qu'à leur journal tévélisé, avec les carabistouilles qu'ils savent raconter, tu te demandes si ils jouent avec tes pieds ou si c'est vraiment vrai. Tu as le président de la république qui acteure comme une vedette de cinéma d'Holivoet, ou qui casse son nez sur la table basse de son salon en éternuant son bretzel, ou un autre qui a trop regardé les films avec Tino Rosbif, sauf qu'il sait pas chanter, mais qu'il se met quand même de la brillantine plein ses cheveux et ne rate

1-zue zot as en achterdeui
2-dat onzier in nen appelenbuum woent

pas une occasion pour montrer ses fausses dents à tout le monde ! Les peïs de la tévé ils viennent te dire que ça sont les maîtres du monde. Tu zwanzes, dis ? Des Pouchenels, oui ! Il y a parfois que tu vois les ficelles qu'ils ont au-dessus de leur tête, quand la caméra monte un peu. Eux, il faut pas leur donner un Oskaâr ou un Cesaâr, ça est un Laskaâr qu'il faut leur discerner ! Ils vont bientôt faire concurrence à Woltje et à Tchantchès[3]. Tu regardes au journal tévé De La Brigade raconter que les Flamands ont envahi Arlon, et tu dois croire ça ? Que Vanessa Paderadis a obtenu le prix Nobel de littérature, ou que GR est devenu secrétaire péritel des cacadémies, avec tous ces escriveurs qui sentent le verdoeft jusqu'ici ? Dis, leur journal, c'est zwanze et compagnie, oué!

Alleï, ça y est, je suis de nouveau une fois partie. Mais qu'est-ce que tu veux ? Depuis que je suis branchée sur Internet, j'ai la tévé jusque dans mon tunnel. C'est pas ça qui va me calmer, hein, tu crois pas ? Je sais bien que je devrais pas, et que c'est pas bien de comme ça toujours afbabeler les gens connus. Mais moi, je trouve que quand tu joues au péépel, tu dois te tenir couche. Pas zieverer. Ça, c'est juste bon pour moi.

Tu devrais voir quel remue-ménage ça fait au dépôt ! Il y a des peïs qui courent dans tous les sens, et ils savent même pas où ce qu'ils vont ! Même le chef de dépôt ne sait plus parler sans

---

3-marionnettes du folklore bruxellois et liégeois

broubeler. Il reste assis sur son bureau, et sa secrétaire lui apporte son café, mais quand il penche son nez sur sa tasse, il voit la tête écrabouillée de l'enginieur. Il doit vite déposer son café dans la sous-tasse, et courir à la toilette pour remettre.

Oué : la toilette ! Chez nous, on est propre, alors on n'a besoin que d'une seule. Chez les autres, ils en mettent toujours plusieurs, c'est pour être sûr qu'il y en a au moins une que tu sais t'asseoir dessus sans appréhension. Alors quand ils doivent aller, ils disent : « Je vais aux toilettes. » Moi, j'en ai pas besoin, de toilette ou de pispot, bien sûr, mais j'ai quand même une pensée gentille pour toutes les madames caca qui doivent passer derrière toi, et que tu regardes de travers quand elles te demandent dix centimes pour rester pendant huit heures par jour dans cette odeur-là.

Ça y est, ça recommence : je suis de nouveau occupée à zieverer ! C'est plus fort que moi, je sais pas m'empêcher.

Alleï, on va retrouver Bertrand mènnant, car il a aussi des choses à dire et à faire dans cette histoire. Et le commissaire Carmel donc ! Je te préviens, hein, moi, je suis qu'une rame de métro, je comprends rien à la hiérarchie et à l'organisation. Un commissariat, c'est comme tu dirais un dépôt pour les flics. Il y a les anciens, comme les vieilles motrices qu'on va bientôt envoyer au musée du tram, et des plus jeunes, comme moi, et puis les bleus, comme Monique.

Les vieux, c'est les chefs, mais comme ils vont bientôt partir, c'est les nouveaux qui commandent, et c'est les bleus qui obéissent. Qu'ils s'appellent Roza ou Carmel, ou bien Monique ou Laplante, c'est kif-kif bourricot. Eux, ils ont trouvé un truc marrant, pour s'appeler : le chef, c'est le commissaire en chef (ça tu n'aurais pas cru, hein ?), et celui qui commande, c'est le commissaire tout court, et celui qui obéit, c'est l'enspicteur. Et puis il y a celui qui voudrait bien être mais qui n'est pas encore : c'est le stagiaire. Tu peux remarquer qu'il y en a de plus en plus, des stagiaires. C'est pratique, on les paie moins cher, puisqu'ils sont encore rien du tout, mais ils doivent faire le travail comme un qu'on paie au barème. Tu as le commissaire divisionnaire, l'inspecteur principal, le stagiaire de première classe et tout ce bataclan... Où ils ont été chercher des noms pareils, j'en sais rien. C'est comme Chef de Dépôt, Enginieur, et conducteur. Chaque métier veut faire cavalier seul ; un chef ne s'appelle pas chef partout, ça serait trop facile. Carmel m'a dit un jour qu'à l'armée, ils avaient aussi tous un nom différent, en plus du leur : on dit Caporal Dugenou, scaphandrier cycliste, Général Hausarmes, breveté des tas majeurs, on dit mon lieutenant mais sergent tout court. Comme si l'officier il est à toi et que le sergent pas. Il y en a des qu'on doit appeler docteur et d'autres qui aiment bien s'entendre dire maître. Docteur Gendorbien, ex-interne des hôpitaux, maître Jachette-Leslogis, notaire cravaté. Je te parle pas des évêques, des nobles et des dignitaires, qui ont tous du monseigneur, *du* votre grâce *ou carrément du* votre majesté. *Mais rien pour les conducteurs de métro, pour les éboueurs, pour les maçons et les plombiers. Même pas de monsieur : c'est Saïd, traminot, ou Dikkelup, ramasseur de poubelles, ou encore Plekpot, ramoneur-juré. Le titre, c'est pour les dikkenekke. Et moi, je suis Rame Roza, métropolitain brusselois de première classe. Eh bien je vais te dire que je suis fière de ça.*

4. Cours ! Cours ! Cours ! Le gendarme est là ! [1] (Vingt-deux !)

Réunion de crise dans le bureau du commissaire : les inspecteurs Laplante et Dughesclain, le stagiaire François Moreau dit Susse, sont assis devant Carmel, qui plonge dans ses tiroirs :

— Personne n'a vu mon Pleur de Voisin et mes feuilles, demande-t-il à la ronde. Je sais pas ce que j'ai, je perds tout, pour le moment.

— Tu l'as pas oublié dans la voiture, questionne Bertrand.

Il est le seul à se permettre le tutoiement. Le commissaire l'y a autorisé depuis leur fouille de la rue des Tanneurs. Il se lève pour sortir en disant :

— Je vais aller voir.

— Non, reste, Bertrand, coupe le commissaire. Susse n'a qu'à y aller. Il est plus jeune que toi, il a de meilleures jambes. Et puis, on ne sait jamais qu'il trouve un indice en descendant les escaliers...

L'ironie du commissaire, et les rires de ses adjoints, troublent le jeune stagiaire. Depuis qu'il s'est fait remarquer en polluant le quai du dépôt, Carmel semble le battre froid. Du moins le poursuit-il de ses sarcasmes. On lui avait parlé de cette dure expérience du bizutage : dans toutes les professions, c'est le bleu qui doit passer la serpillère, et les anciens qui se gaussent.

1Lup, lup, lup, de gardevil es doe

Le jeune Susse disparaît en traînant les pieds. Si c'est en recherchant du tabac et des feuilles à cigarettes dans la boîte à gants d'une voiture de service qu'on trouve un coupable... Même pas le paquet de tabac et les feuilles, il en est convaincu. Il descend les marches en maugréant. « C'est pas parce qu'on est plus jeune qu'on est plus con. » Ce serait plutôt le contraire selon l'avis de Susse : la connerie bonifie en vieillissant. S'il devient un jour un ancien, jamais il ne fera endurer ce supplice à ses successeurs. Avoir traîné des années sur les bancs d'écoles diverses, pour en être réduit à la recherche du matériel de fumeur de son chef, c'est plutôt décevant. En tous cas, pas digne d'un élément prometteur comme lui.

Cependant, au bas de l'escalier et tout en maugréant sa vindicte, il voit assise sur une des chaises de la salle d'attente, une jolie blonde aux yeux bleus, dont la poitrine époustouflante lui ravit le regard. Il en oublie le tabac du commissaire, l'enquête, les morts, le sang. S'approchant sourire aux lèvres, il lance d'un air affable :

— On s'occupe de vous, mademoiselle ?

La blonde pose sur lui un regard immensément azuré, le jauge très rapidement, puis l'estimant à peu près consommable, lui sourit :

— Oui, merci. Je souhaite parler au commissaire Carmel.

— Il en a encore pour un moment. Il est

en réunion. Vous comprenez, avec le double crime qui nous tombe dessus, on a fort à faire. D'ailleurs, je dois remonter auprès de lui dès que... que j'aurai rassemblé quelques éléments qui lui manquent.

La fille éclate de rire :

— Je parie qu'il a encore perdu son tabac et ses feuilles !

Devant la mine abasourdie de Susse, elle précise :

— Je suis sa fille. Comme je passais par là, je voulais lui dire bonjour. Voilà : voulez-vous le faire pour moi ? Mais retrouvez d'abord son tabac, sinon, il va être massacrant.

Le stagiaire en profite pour lancer un bon mot en arborant un sourire de circonstance :

— Être massacrant, pour un commissaire de police, ce n'est pas ce qu'il y a de mieux, n'est-ce pas, mademoiselle Carmel ?

— Je m'appelle Arlette. Allez-y, dépêchez-vous. S'il ne peut pas s'en rouler une très vite, ça va chauffer pour vous. Au revoir, inspecteur.

— Au revoir, mademoiselle Arlette. On pourrait se revoir ?

Il espère surtout revoir cette magnifique poitrine.

— Pourquoi pas, répond-elle, insouciante. Appelez-moi, je suis dans l'annuaire.

— Moi, c'est François. François Moreau. Ravi de faire votre connaissance. Je vous appelle bientôt.

Il la regarde partir, les yeux fixés sur cette croupe ondulante, qui balance plus que de raison, lui semble-t-il. Et puis, elle l'a appelé *inspecteur*. Cette promotion valait à elle seule une telle rencontre. Si, en plus, elle émane d'une déesse blonde, c'est le paradis. Arlette, le joli prénom plein de promesses ; Arlette, fille du commissaire ! Ça, c'est moins drôle. Si les choses se précisent, il va falloir jouer serré.

C'est avec des étoiles pleins les yeux qu'il remonte l'escalier et irrupte dans le bureau de Carmel, oubliant sa mission. Heureusement, celui-ci a retrouvé son paquet de tabac et s'en roule une, qu'il parachève d'un coup de langue magistral, doublé d'un envoi de lèvre inférieure pour sceller le tube. Il arrache l'excédent de tabac de l'extrémité qu'il met en bouche, et sort son briquet.

— Ah te voilà, Susse. J'ai retrouvé mon Pleur de Voisin. Mais c'est gentil. Bon, on continue. Moi, je prétends que c'est un tueur en série.

— Même *modus operandi*, souligne Laplante.

— Toi, et ton latin avec des petits trous[1], râle Bertrand.

— Potverdekke ! crie Carmel. C'est moi qui parle, et vous, vous écoutez ! S'il y a encore un meurtre là-bas cette nuit, et qu'on empêche de nouveau les rames de métro de sortir, on va avoir

---

1- latijn mei gotjes

toute la presse sur le dos. On l'a déjà, du reste. Et après, ce sera toute la population de Bruxelles ! J'ai pas envie. Quand un tram a cinq minutes de retard on crie déjà ouille-ouille, alors tu penses, deux jours sans métro, c'est comme si les Chinois avaient débarqué au pont Van Praet ! On a deux types en faction dans le dépôt, et deux voitures patrouillent autour ; moi, je reste ici pour toute la nuit, si c'est nécessaire. Pas de questions ?

— Je reste aussi, commissaire ? glisse Susse.

— Évidemment, éructe Carmel. C'est toi le plus jeune, et tu es stagiaire. Bertrand, lui, il peut retourner. On aura besoin de lui ici demain matin. C'est à ce moment-là que tu iras dormir.

Il a dit cela d'un ton doucereux, comme on s'adresse à un enfant. Se penchant sur le cendrier, il constate que son mégot s'est éteint, le cueille entre le pouce et l'index, et fait jaillir la flamme de son briquet :

— Toi, Laplante, tu passes chez le commissaire Turpin avec Jésus Tapedur. Il y a des problèmes de fauche dans les stations de Brouckère et Sainte Catherine, vous ne serez pas trop de deux pour surveiller tout ça. Je garde le petit avec moi, et Dughesclain pour le remplacer demain. S'il n'y a plus de crime, on se débrouillera, et si ça dégénère, vous revenez avec moi.

Les deux inspecteurs quittent la pièce après avoir salué. Le ton de Carmel était sans réplique ; inutile de chercher des explications : la décision est irrévocable.

— C'est parce que j'avais un rendez-vous ce soir, insiste Susse. Ce serait dommage de le rater...

Le regard noir du commissaire le transperce à travers un nuage bleuté de Pleur de Voisin consumé.

— Téléphone et annule, est la réponse définitive. Elle t'attendra bien jusque demain. Sinon, c'est qu'elle n'en vaut pas la peine.

Le bleu se le tient pour dit. Il avait l'intention d'appeler la belle Arlette et lui proposer une virée pour ce soir. Le voilà consigné. Inutile d'insister, il aggraverait son cas. La proposition du chef le réjouit cependant, puisqu'il va pouvoir trouver le temps de consulter l'annuaire et de téléphoner plus longuement. Il inspire profondément, puis dit d'un ton enjoué :

— À propos, monsieur le commissaire, je dois vous remettre le bonjour de votre fille Arlette.

— Tu l'as rencontrée ? Où ça ?

— Elle était en bas. Je lui ai dit que vous étiez fort occupé. Elle n'a pas voulu vous déranger et elle est partie en me demandant de vous remettre ses salutations. C'est une très belle fille, monsieur le commissaire.

— Ah tu as vu ça, aussi ? Tu n'as pas tes yeux dans tes poches, hein, petit ? C'est bien, pour un flic. Mais attention : pas que pour regarder les filles. Il faut tout voir, le beau et le moche, le frais et le pourri. Et je peux te dire que le pourri est souvent beaucoup plus intéressant.

— Je m'en suis rendu compte en faisant des patrouilles de nuit. Qu'est-ce qu'il se rencontre comme énergumènes dans une ville après le coucher du soleil !

L'humeur du commissaire s'est radoucie, à parler de sa fille. Il considère son stagiaire d'un œil inquisiteur : ferait-il un bon gendre, ce jeunot ? Il a de l'avenir dans la profession. Il serait une garantie pour Dempsey, son petit-fils. À son contact, Arlette s'adoucirait peut-être. Depuis ses dix-huit ans, elle a été intenable : une première fugue avec le chanteur d'un groupe cacophonique, puis la naissance d'un bébé sans père, puis la rencontre avec un malfrat que Carmel a dû arrêter dans l'affaire de la rue des Tanneurs[1]. Si, au moins maintenant, elle pouvait se caser ! Et perdre son goût immodéré pour la castagne !

Il regarde à présent Susse d'un œil complaisant :

— Alors tu as vu ma fille ? Et tu la trouves jolie ? Et quoi encore ?

Le stagiaire est dans de petits souliers. Comment répondre ? Il ne va pas, comme ça, tout à trac, annoncer à son père qu'il est tombé amoureux de ses seins, qu'il a une terrible envie d'elle, et qu'il n'en a plus rien à fiche, de sa hiérarchie et de cette enquête de merde ! Il ne l'a vue qu'une fois, lui a à peine adressé la parole. Pourtant, depuis lors, elle occupe son esprit dans sa totalité. Plus de place pour le commissaire, pour

---

1voir C'est le Brol aux Marolles

la police, pour le crime. Arlette ! Le joli nom, le joli minois, les lèvres qui inspirent le baiser, la poitrine... ah oui, il est amoureux. Tellement amoureux que ça doit sans doute rayonner, resplendir sur son visage.

— Eh, petit, le réveille Carmel. Pars pas dans les nuages. On a du travail. Tu ferais bien de téléphoner au labo pour voir si Goreil a du nouveau.

À propos de téléphone, le stagiaire passerait bien tout de suite un petit coup de fil à la belle Arlette.

De son côté, Guy Carmel se prend aussi à rêver. Il se voit chez lui, entouré d'Arlette, de son époux Susse, et d'un kyrielle de bambins criards. Il en a presque les larmes aux yeux.

— Goreil demande qu'on passe chez lui, patron.

Carmel sursaute, arraché à son délire onirique, c'est fou ce qu'il peut être sentimental, ces derniers temps. Il se lève, dépose son mégot de nouveau éteint dans le cendrier :

— Eh bien on y va. Je laisse ma *coute* ici car Jacques il n'aime pas qu'on fume chez lui. Tu me prends un café avec un rien de lait beaucoup de sucre et légèrement saupoudré de cacao, et tu me rejoins là-bas, dit-il en sortant précipitamment du bureau.

Un café, un rien de lait, beaucoup de sucre et saupoudré de cacao. Il fait tout ça, le distributeur ? On a beau être chef, on n'en est pas moins tributaire des possibilités mécaniques de ces engins. À la grande stupeur du bleu, il y a une touche indiquée au marqueur : « Café Carmel ». Sur le petit écran, un texte clignotant rouge défile :

Prière de placer un GRAND gobelet.

Rien n'arrête décidément, ni le progrès, ni les desiderata du commissaire.

L'œil noir de Goreil, derrière des lunettes à monture cette fois mauve, fixe l'arrivée du commissaire. L'homme est pratiquement caché derrière une pile de dossiers divers, d'écrans multiples, et d'une batterie impressionnante d'appareils de toutes sortes. Sa qualité de patron de la scientifique lui confère une autorité nimbée de savoir. Il est capable d'extraire d'une demi feuille morte, la marque de la pelle qui l'a ramassée, toute la biographie de Jacques Prévert, ainsi que l'âge de l'épouse du capitaine Crochet. C'est dire qu'avec lui, on a peu de chance de ne pas laisser d'indices exploitables ! Jamais il n'a failli à sa réputation : il est l'homme qui fait parler les objets inanimés, et leur donne une âme.

Il est grand, filiforme, sombre. Tout en lui est noir, du costume aux cheveux, aux sourcils broussailleux, au sempiternel nœud papillon qu'il arbore avec délices. On a l'impression qu'il va assister chaque jour à un enterrement de première classe. Seule touche de fantaisie : il change la couleur de monture de ses lunettes comme d'autres de cravate. Tantôt écarlates, tantôt mauves, tantôt zébrées noir et blanc, elles reflètent sans doute ses tendances footballistiques du moment.

Guy Carmel et lui sont de la même promotion. Ils se connaissent depuis leur première enquête, et se rencontrent tous les dimanches au club de la rue des Chartreux, pour leur partie d'échecs. C'est pour les deux compères l'occasion de siroter un porto d'âge entre un grand roque et un saut de cavalier.

— Du nouveau, Jacques ? s'enquiert Carmel. Tu as les résultats de l'autopsie ?

— De la première. Je confirme que c'est un homme d'une soixantaine d'années, dont la tête a été littéralement écrasée. Le légiste m'a transféré des particules métalliques, qu'il a trouvées dans la plaie. J'ai analysé. C'est tout bêtement de l'acier.

Entre-temps, Susse fait son entrée, muni de deux gobelets. Il en tend un au commissaire qui, après vérifications visuelle et olfactive, se met à siroter son café.

— De l'acier, de l'acier... dit-il.

— Comme il y en a des tonnes, dans ce dépôt, soupire Goreil. Rien de réjouissant de ce côté-là. Par contre, le truc intéressant, c'est que la présence d'acier sur *chaque* tempe, tendrait à prouver qu'on lui a écrasé la tête entre deux mâchoires puissantes, comme celles d'un gros étau.

— Il devait être plein de sang, *potverdekke*, cet étau ! On n'a rien trouvé comme ça dans les environs, ou je me trompe ?

Carmel jette avec rage son gobelet de café désormais vide, dans le panier de Goreil.

— Si l'affaire s'était déroulée en plein jour, je dirais qu'il a été pris entre deux rames, et que sa tête a éclaté sous l'impact des deux masses, précise ce dernier.

Le stagiaire suit avidement cette conversation, tout en se penchant discrètement sur les divers rapports jonchant le bureau. Un trait de café s'allonge soudain sur un rapport balistique que Susse s'empresse d'éponger de son mouchoir.

— Dis, tu sais pas faire attention ? C'est des papiers importants, tout ça, tance le commissaire.

— Laisse, intervient Goreil. Ce sont les rapports de l'affaire du coiffeur de la rue de la Loi. Ça date de cinquante-deux ans, il y a prescription. Avec des taches, ça prend de la valeur. C'est ton nouveau stagiaire ?

— Susse. Enfin, François Moreau. Il est bien. Quand tu l'envoies chercher ton tabac, il revient avec les salutations de ta fille.

— Et il dégobille sur mes scènes de crime. Tu devrais me le confier quelques jours. Je lui ferais passer des vidéos pour lui apprendre les différentes manières de saigner son prochain.

— Je crois qu'il est à bonne école ; avec ces deux castards écrabouillés, il a pu voir qu'un ouvrier pensionné a autant de cervelle qu'un ingénieur du tram.

Goreil affiche sur l'écran mural les photos

écœurantes des deux crânes éclatés.

— On voit très bien que la pression s'est effectuée des deux côtés à la fois. Sur les tempes pour le premier, le vigile, et sur le front et la nuque pour le second. Comme écrasés entre deux butoirs.

— Ouais. Sauf que les rames, ça ne bouge pas tout seul dans le dépôt, et puis ça ne retourne pas tout seul à sa place, râle Carmel. Tu racontes ça à un cheval de bois et il te fout un coup de pied ! Tu n'as rien d'autre de plus intéressant à me dire ? Parce que si c'est pour écouter tes carabistouilles, j'aime mieux aller boire une demi gueuze.

Le chef de la scientifique connaît bien les sautes d'humeur du commissaire, et laisse passer l'orage.

— Dès que j'aurai les résultats de la deuxième autopsie, je pourrai comparer. Mais je redoute les conclusions : ces deux morts sont identiques. Il faudra rechercher l'arme du crime dans le dépôt. Je précise que les mâchoires doivent être gigantesques, et que, par conséquent, l'étau doit peser très lourd. Plusieurs tonnes, selon moi.

Carmel le regarde, abasourdi :

— Plusieurs tonnes ? Tu veux dire qu'on a tapé deux rames l'une contre l'autre, et que la tête de ces deux malheureux était justement entre !

— C'est ce qui m'avait amené à penser qu'ils ont été écrasés ainsi. Mais si tu refuses cette version... À toi de voir.

Enfin calmé, Carmel reprend :

— Bon. Il n'y a plus qu'à attendre cette nuit, pour savoir si le cirque continue. Tu n'as rien d'autre, Jacques ?

— Le téléphone portable. Son dernier appel était pour un certain Léon Dingault. Le numéro revient plusieurs fois dans la journée de dimanche. Il figure aussi dans ses présélections. Ah oui, une dernière chose, on a relevé pas mal de particules d'acier autour du corps.

— C'est plutôt normal entre des rails, non ?

— Mais là, il y en avait plus qu'ailleurs. On dirait que les rames se sont entrechoquées à plusieurs reprises au même endroit.

— Tu y tiens, à ta version du tamponnement des rames, hein ? Moi, je trouve ça normal. Chaque soir, le conducteur rentre sa motrice, la cogne contre celle qui est déjà parquée, et un peu de matière des butoirs tombe au même endroit. Tu crois que c'est comme ça que ces deux types sont morts ?

— Je constate des faits. C'est toi qui en tires les conclusions.

Maussade, Carmel pousse un long soupir :

— Il y en a qui ont la belle vie. Nous, on est toujours sur la brèche, les assassins ne dorment pas. Mais on sera là, pas vrai, petit ?

Susse, jusque-là obnubilé par le désordre méticuleux régnant sur le bureau de Goreil, sursaute sous la bourrade du commissaire, et fait un bond en arrière. Carmel le prend par le bras et l'entraine dans le couloir :

— Holà, cadeï ! Tu es encore une fois dans la lune. L'amour en tête, hein ? Tu dois un peu faire attention, car c'est important ce qu'il fait, Jacques.

— Vous avez vu le tas de dossiers ? Incroyable !

— Oué mais minute ! Il y en a qui sont là depuis cinquante ans, et qu'il ne regarde même plus. Il faut quand même pas aller croire qu'y a tellement de meurtres à Bruxelles qu'on sait plus suivre. Mais c'est bien d'avoir beaucoup de dossiers.

— Et pourquoi il ne les range pas ?

— Pour faire croire qu'il a trop de boulot, fieu ! C'est comme ça qu'il faut faire, dans l'administration. Tu mets plein de papiers de toutes sortes sur ton bureau, et au-dessus, tu as tes mots croisés, ou ton suducul. Si jamais tu vois arriver un chef, hop ! ton mot croisé en dessous des papiers, et tu fais semblant de travailler. Le chef, il voit rien qu'un *peï* qui est planché sur son bureau rempli de papiers, donc il croit qu'il travaille. De toutes façons, il fait lui-même comme ça avec son chef à lui, alors...

— Je n'y avais pas pensé, ment le stagiaire. Mais on dit Sudoku, commissaire. C'est japonais.

Carmel, qui n'a que faire de ces considérations idiomatiques et orientales, en profite pour se rouler une nouvelle clope.

— Joue pas ça avec moi, hein, petit, parce que je connais le truc. Moi, si je te pose une question sur une affaire en cours, tu dois savoir répondre juste. Un type comme Goreil, c'est un as dans sa partie, mais tu dois toujours te dire qu'on ne sait être un as que dans sa partie.

Le jeune stagiaire le regarde d'un œil bovin.

— Tiens : jette ton gobelet vide dans cette poubelle, tu as l'air bête avec ça dans ta main. Ce que je veux dire, c'est qu'on peut être très fort, mais qu'on est toujours limité. Prends Jacques, là. Tu lui donnes une scène de crime et il te reconstitue les faits et gestes, te donne la liste des participants, et même parfois le nom de l'assassin. Tu me dis Oh ! c'est merveilleux ! Et c'est vrai. Mais ça n'est jamais que de la technique, des machines, des ordinateurs. Tu sais trouver un tas de choses, mais il manque un petit bout de principe humain. Un crime, fils, c'est fait par des hommes, et c'est résolu par des hommes. L'assassin a besoin d'une arme, et le policier a besoin de la science. Dis-toi bien une chose : jamais une arme ne tuera un homme toute seule, il lui faut un doigt pour appuyer sur la détente. Et jamais un ordinateur ne résoudra une énigme, il lui faut aussi un cerveau pour analyser ses données. Mon père me disait qu'avec la technique, on aurait un jour des brouettes à moteur et qu'on marcherait sur la Lune, et il avait raison. Il disait aussi que malgré toute sa science, l'homme ne parviendra jamais à peindre un pet en jaune. Et là aussi il avait raison.

Susse s'était arrêté dans le couloir, abasourdi. Carmel se retourne vers lui, sort son briquet et allume sa clope.

— Tu vois, petit, on n'est pas près de nous remplacer par des machines. Notre profession a encore de l'avenir. Maintenant, tu vas une fois voir dans les archives si on a déjà quelque chose comme ça. Des gens qui sont écrasés entre deux trams, ça doit être rare, non ? Surtout la nuit dans un dépôt. Regardé comme ça, on dirait un règlement de compte entre truands. Si c'est la guerre des gangs qui commence, ça va bientôt être Chicago des années folles, ici !

— Ce qui veut dire ?

Tout en jetant des nuages de fumée bleue vers le plafond, le commissaire se met à ricaner :

— Tu vois pas que si ces deux castars ont été *verpletterés* entre deux rames, il doit y avoir au moins deux meurtriers, fieu ! Comment tu veux qu'un seul *cadeï* conduise deux rames de métro à la fois ? Moi, je te dis qu'ils étaient au moins quatre : un dans chaque rame, et deux qui maintenaient la victime sur la voie. Comme les morts n'étaient pas ligotés, on a bien dû les tenir, hein, parce que pour t'obliger à tenir ta tête entre deux monstres d'acier qui roulent vers toi, il faut qu'on t'aide un peu, ça tu peux me croire.

— Pourquoi avoir choisi cette horrible

façon de tuer ? Ils ne pouvaient pas simplement les abattre de deux balles dans la tempe, et les jeter dans le canal ?

— Tu peux pas savoir ce que les gens peuvent inventer pour assassiner leurs contemporains, Susse. On dirait que c'est un sport. Le premier, il a trouvé un gros bâton, et il l'a tapé sur la gueule de son frère. Depuis ce jour-là, on n'a pas arrêté de changer la méthode. Une épée, un arc, un canon, un automatique à répétition, un gaz asphyxiant, une bombe atomique... Et on ne parle que des moyens : les armes ! Tu as encore toute une variété de mé-thodes, pour utiliser ces armes. Le seau d'acide sulfurique qui te tombe sur la tête quand tu ouvres la porte, l'ypérite qui sort du bec de gaz de ta cuisinière quand tu prépares ton *stoemp* aux carottes, la bague avec une aiguille qui t'injecte du curare millésimé quand tu serres gentiment la main de ton tonton !

— J'ai vu ça aux cours. L'imagination, de ce côté-là, ne manque pas. Nous sommes quand même les plus forts : un maximum de crimes sont élucidés.

— C'est ça ! Prends-toi tout de suite pour Charlock ! Tu peux bien te dire que le crime parfait, c'est celui qu'on ne voit pas. Donc, qu'on résout pas. Et ça, il y en a des tas, petit. Ça existe, mais on passe à côté sans les voir.

— Si on devait se mettre à enquêter sur chaque décès, ce serait...

Carmel le prend par les épaules, le secoue gentiment, comme un père. Puis il lui prend le bras et l'entraîne :

— Pas possible, je sais. Chaque fois que tu verras un mort, demande-lui comment il est mort. Peut-être qu'un jour, il y en aura un qui te répondra qu'il a été assassiné, mais que personne ne s'en est rendu compte. (Il jette un regard hilare sur le stagiaire consterné.) Je zwanze !

Cette sortie a tout de même fait son effet sur le jeune homme, qui commence à se poser des questions. C'est vrai que le crime parfait est celui qu'on ne décèle pas. Dont on ignore même qu'il est crime.

La main posée sur son bras le serre brusquement :

— Ça te turlupine, hein, fils ? Mais n'y pense plus. Une chose à la fois. On va résoudre cette affaire-ci, puis il y en aura une autre, et comme ça, la vie passe, et on se retrouve à la pension.

Tout en marchant dans les couloirs pour rejoindre son bureau, Carmel, sur un air de musette improvisé, se met à chantonner :

— On a deux cadavres tués de la même manière, qu'on a retrouvés au même endroit, à vingt-quatre heures d'intervalle. On n'a aucun témoin, pas d'indices, et tout ce qu'on a pu découvrir autour des victimes, ce sont leurs effets personnels. C'est exactement comme s'ils s'étaient suicidés.

Puis, redevenant sérieux, il se tourne vers le stagiaire :

— Tu vas pas venir me dire que c'est un moyen de se suicider, hein, *ket* ? Il te faut un étau de plusieurs tonnes, que tu soulèves au-dessus de ta tête, et puis tu serres la vis. Quand ta tête a éclaté, tu vas tranquillement nettoyer ton outil et le remettre à sa place, et puis tu reviens t'étendre sur les rails. Comme zwanze en stoemelings, je trouve ça bien, mais pour du vrai, ça passe pas, comme quand tu bois une bière anglaise. Je veux bien que nous les Belges, on est un peu surréalistes, mais ça c'est quand même potverdekke un peu fort de café, tu crois pas ?

Eh ben voilà, ça y est ! Le grand patron de la société du tram a décidé que nous autres, les rames, on allait dormir dans les tunnels. On ne retourne plus dans le dépôt, plus jamais. Comme ça, qu'il a dit, la police saura pas bloquer le trafic du métro. Tu aurais dû voir quel cinéma ça a fait dans les gazettes, toutes ces rames qui roulaient pas ! Plus même que pour les deux pauvres victimes. On parlait de porter plainte, et que les patrons vont demander une indamité au tram, car les gens sont arrivés trop tard ou pas du tout au boulot. Qui va payer tout ça, qu'ils disaient, pas nous, ça c'est sûr. Même le minisse a été forcé de s'expliquer. Et lui, il avait rien à expliquer : il prend même pas le métro ! Quand lui il arrive en retard, personne ne s'en aperçoit. Tu penses bien : qui est-ce qui va faire des ruses à un minisse ? Ça sont des peïs qui ont du garisme et de la réponse, tu sais ? Comme par exemple : un minisse, il prend jamais du pognon dans la caisse : il fait un emprunt non remboursable. Tout ça c'est une question de parlement : ils savent bien choisir leurs mots, c'est tout. Oué, ça va, je ferme ma gueule.

Donc à partir de dorénavant, fini le grand dépôt. Moi, ça m'arrange pas fort, car je vais plus rencontrer ma copine Monique qu'en spitant, quand on se croise dans le noir, entre deux stations. Juste le temps d'un clin de phare.

J'aimais bien mon dépôt, moi. Je te l'ai déjà dit : en été, il y a un peu de lumière qui arrivait par au-dessus, et puis les pigeons qui venaient manger le pain de madame Gilberte. Maintenant, tout ce qu'on aura, c'est des courants d'air qui puent le coutchouc brûlé ! Et comment elle va faire, madame Gilberte, pour venir nous kocher ? On va lui acheter une petite voiture pour se balader sur les rails avec son seau et ses loques à reloqueter, dis ? Elle aura l'air d'une chiffonnière[1] qui fait les bacs. Ça va droldement remonter l'image du métro, ça.

Tu l'as compris, je suis pas contente. Ils devraient un peu arrêter d'inventer des zieverdera comme ça. Nous autres, les rames, on est faites pour conduire les gens chez eux, pour qu'ils dorment dans leur maison. Ces tatcheluls nous obligent maintenant à dormir sur notre lieu de travail. Il y a pas un acquis syndical contre ça ? Je veux bien qu'on est un peu assimilées à des fonctionnaires, qui ont sans doute l'habitude de piquer un roupillon sur leur bureau et de se faire brimer, mais pas nous, tu sais ? Nous, on a notre dignité. On a droit au dépôt !

Quand je pense qu'il y a dans les ministères des spring not'vet avec des cols blancs qui décident ceci et cela et qui n'ont même jamais vu une rame, sauf en photo, j'ai des grattes dans mon boggie gauche !

C'est encore une fois moi, ça : toujours broubeler sur les gens. Mais dans ta foire intérieure, tu te dis que j'ai quamême raison.

1kajouberes dée de bakke doet

5. Ils sont sur un nœud. (Ça se complique)[1]

— Ça est quoi, ça ? Du *tchouf-tchouf* danois ? demande madame Gilberte, le nez au-dessus de la casserole dont Bertha touille adroitement le contenu.

— Non, c'est de la colle à tapisser, répond la tavernière. J'ai besoin de refaire le mur du fond de mon salon, car le chat l'a complètement griffé. Tu sais, c'est stincstinctif, chez eux. Y arrêtent pas de faire du pain sur ton papier et ils choisissent toujours le plus cher, recta.

— *Potverdekke* j'ai eu peur que tu allais donner ça à manger dans la brasserie.

Bertha y va d'un grand rire :

— Tu crois qu'ils verraient la différence ? Si je leur dis que c'est du blanc-manger créole, ou du *stoemp* au vermicelle chinois, ils vont me croire. Peut-être qu'ils vont dire que ça manque un peu de sel ou de poivre. Mais je fais pas ça, tu sais. J'aime bien zwanzer mais pas comme ça. J'ai jamais fait manger de la colle à tapisser à personne, moi.

Rêveuse, elle contemple la mixture dans la casserole :

— C'est vrai qu'avec un peu d'épices, et une ou deux tomates écrasées pour donner de la couleur, ça aurait l'air appétissant. Des échalotes et de la noix de muscade, qu'il faudrait aussi.

— Fais pas ça, hein, Bertha ! Si tu tiens à ta

1- Ze zitten oup ne wier

clientèle, fais jamais ça. Je te le pardonnerais pas, tu sais ?

— T'es folle ? Aujourd'hui, justement, je fais des *cortelettes au ramonach* en plat du jour. Ça ressemble un peu mais ça n'a pas le même goût.

Tandis que les deux femmes devisent tranquillement dans la cuisine de la brasserie, Marcel et Léon, chacun de son côté du comptoir, vident une dernière kriek avant de partir pour le dépôt. La nuit s'y est passée sans incident, et la police a accepté de libérer l'accès au grand hall.

— En plus, c'est aujourd'hui qu'un énorme *big boss* américain doit venir visiter les installations du métro, murmure Léon sur le ton de la confidence. *Mister* Edgar Hovervair, qu'il s'appelle. C'est le genre de chicon qu'on ne doit pas rater. Tous mes gars sont sur le pont. On a quatre seaux de kriek en réserve sur ce coup-là. C'est pas possible de passer à côté. Il va y goûter à notre lambic, cet Amerloque à claques.

— Et comment tu fais pour avoir toute cette bière ? Ça coûte quand même cher. Je dis pas les accessoires, car quelques seaux à peinture de cinq litres en plastique, ça n'est pas la mer à boire, mais chaque fois douze litres de *kriek* que tu gaspilles comme ça...

— Gaspiller ? Mais non, pas du tout gaspillée, qu'elle est, cette bière ! Quand le chicon la reçoit à travers sa gueule, on fait des photos et on les envoie à la presse. Et le lendemain, il est servi : il voulait avoir sa tête dans le journal, eh bien, il l'a ! Nous, on fait de la réclame pour la bière belge, pas vrai ? Et puis, à toi je peux le dire, c'est pas de la première qualité, comme *kriek*, si tu me vois venir. Ils ont parfois des ratés, à la brasserie. Tu sais, comme un *ket* qui met deux fois des cerises dans la gueuze, comme toi tu mets deux fois du sel dans l'eau de tes pommes de terre.

Marcel va pour une objection dénégatoire, mais Léon poursuit :

— C'est humain, ça, Marcel. Mais toi, tu dois foutre tes patates au bac, et le brasseur il me vend son sirop pour quelques centimes au litre. Tout n'est pas perdu, tu vois ? Tu penses que le *peï* qui reçoit ce jus-là sur son plastron, il a intérêt à se planquer des mouches et des guêpes, moi je te dis. Sucré comme c'est, ça doit les attirer comme du miel.

— C'est prévu où, cet *enkriekage* ? s'enquiert Marcel.

— Justement, au dépôt. Enfin, au garage. Comme il dit qu'il veut investir, il veut tout voir. Pas méfiant, mais juste un peu curieux. Les Amerloques, moi, j'ai aussi investi chez eux, j'ai acheté une Frott Esprott, mais ils m'ont pas invité pour venir faire des photos de leurs usines de Détroit pour autant. Ils sont drôles, tu trouves pas ? Ça mérite une tournée, non ? Alors on va la lui servir, tu vas voir.

Marcel vide son verre, le passe dans l'eau de l'évier, et en fait de même avec celui de Léon. Il secoue la tête en prenant un air compassé :

— Tu as raison, Léon, c'est pas comme ça qu'ils vont avoir des amis chez nous. Ici, je paie ma tournée de temps en temps, je cajole le client. C'est comme ça qu'on avance. J'ai pas besoin de savoir si monsieur Van Broekgat aime toujours les petites négresses, pour lui servir son plat du jour. C'était bon là-bas, au Congo, parce que tout le monde vivait sur tout le monde, et que tu savais pas faire autrement que de voir la procession de noirpiotes chez lui quand sa femme faisait l'école.

— Mais ici, on est en Belgique, chez les civilisés, réplique Léon. On n'a pas besoin de savoir combien tu as dans ton portefeuille. Alors moi, ces Jankées qui viennent t'agiter leurs dollars sous ton nez, et qui veulent venir voir si le pot de ton WC est propre, je leur mets une bonne dose de *kriek* sur la gueule pour leur apprendre les bonnes manières de chez nous.

Il saute prestement de son tabouret et s'avance vers la sortie, suivi de Marcel qui crie dans l'escalier :

— Bertha ! Je vais avec Léon. Je ferme la porte à clef. Je serai là pour le service de midi.

Dans la cuisine, Bertha se tourne vers Gilberte :

— Tu vois, Gigi, les hommes ! Quand il y a du travail d'empapinage, de collage et de tapissage, eux ils vont se promener et boire des verres. Nous autres, pauvres femmes, on peut se taper toute la corvée.

— Tu as raison. C'est pour ça que je me suis jamais mariée. Alleï, santé, finis ton verre que je t'en verse un autre.

Elles en sont à la pose délicate du premier lé, lorsqu'on frappe à la porte de la brasserie. Bertha, du haut de l'échelle, crie un « C'est fermé ! » tonitruant, et se concentre sur la ligne verticale tracée sur le mur.

— *Potferdekke* c'est toujours la même chose. Ils viennent toujours t'embêter quand c'est pas le moment. Tu fais bien attention, hein, Gigi, suis bien la ligne et tire vers le bas pour enlever les soufflettes, sinon je dois faire des trous avec une épingle pour retirer l'air en dessous.

Le tambourinage sur la porte de la brasserie redouble d'intensité, ce qui a pour résultat l'énervement de Bertha, qui laisse glisser le papier-peint encollé sur la permanente mauve de madame Gilberte. Cette dernière se met à hurler et à gesticuler, renverse l'escabelle sur laquelle est juchée sa copine, qui s'étale sur la moquette. L'intermède se termine par une piaillerie digne des meilleurs poulaillers. L'air féroce, Bertha dévale les escaliers, promettant une sévère rossée au tambourineur. Pendant ce temps, Gigi se dépêtre d'un lé désormais inutilisable, avise dans le miroir de la cheminée sa coiffure *empapinée* de colle blanche, voue cet intempesteur-tambourineur aux gémonies, et se précipite dans la salle de bains de son amie, afin d'y procéder aux premiers secours.

En bas, Bertha vient d'ouvrir à

l'inspecteur Bertrand, qui se précipite vers le comptoir :

— Donne-moi vite une Orval, Bertha, je suis pressé.

— Ça j'ai entendu, ronchonne la brasseuse, J'ai pu tout laisser tomber pour venir t'ouvrir. Tu n'as quamême pas si soif que ça !

— Pire ! Je croyais que j'allais tomber dans les patates quand j'ai vu que c'était fermé. Il est pas là, Marcel ? Je dois lui dire quelque chose. C'est droldement urgent...

— Il est parti avec Léon au dépôt du métro. Il revient vers midi, qu'il a dit.

— C'est pas vrai hein ? Il est avec Léon Dingault ? Mais qu'est-ce que c'est tout ce bazar ? J'avais dit que je venais le chercher ce matin.

Bertha hausse les épaules, s'empare d'une bouteille capsulée et d'un verre calice.

— Est-ce que je sais, moi ? J'ai du travail dans l'appartement, j'ai pas fait attention.

Madame Gilberte apparaît dans l'escalier, avec l'air d'un chat angora qui vient de traverser l'Atlantique à la nage. Sa permanente, maintenant mouillée, ressemble à la toison d'un agneau astrakan colorée en mauve. Par endroits, la colle a formé des gruaux. Bertrand ne peut réprimer un fou-rire.

— *Potferdekke*, Gigi, passe pas devant chez Martin le fourreur car il risque de te tondre recta pour faire un manteau...

L'intéressée s'approche de lui calmement,

s'empare de son verre-calice maintenant plein de belle bière trappiste, et lui en verse le contenu sur le crâne :

— Comme ça, on est deux. Et toi, tu es béni, puisque c'est de la bière d'Orval. Bon, moi, j'y vais. Ah, Bertha : ton papier est foutu. Tu en achèteras du nouveau sur le compte de mossieu l'agent.

Elle fait une sortie théâtrale, ayant soin de claquer vertement la porte derrière elle. Bertha se précipite, vérifie la bonne tenue du battant, puis referme à clé.

Pendant ce temps, Bertrand contemple son verre vide, se lèche la moustache pour recueillir une dernière goutte de sa bière, puis regarde la tenancière :

— Qu'est-ce qui lui prend ?

— Rien. C'est normal, quand on joue avec les pieds de quelqu'un. Tu veux un autre verre ?

— Ben oué. Je suis venu pour ça.

— Alors tu me dois 25 euros. Payables d'avance. Huit euros pour les deux trappistes, et puis dix-sept pour mon rouleau de papier-peint qui est foutu à cause de toi. Allonge ton fric, flic.

De nouveau on frappe à la vitre de la porte. Cette fois, c'est le commissaire Carmel qui écrase son nez entre ses mains en visière.

— On a transféré le commissariat ici, maintenant ? Ils vont tous venir m'enquiquiner comme ça aujourd'hui ? gronde Bertha.

Bertrand se précipite et ouvre la porte à

son supérieur.

— J'ai bien cru que tu étais déjà parti, bougonne Carmel en se dirigeant vers le comptoir où trône, hautaine, la maîtresse des lieux.

— Je te sers une Chimay, sans doute ? Comme d'habitude ? On peut dire que vous nagez dans la sainteté, les policiers ! Bertrand c'est de l'Orval, Guy de la brune d'abbaye... On m'avait dit que vous étiez un peu jésuites, mais pas des moines. Ça, c'est nouveau.

Carmel a un regard interrogateur pour Bertrand, puis fixe Bertha dans les yeux :

— Toi, tu as mal dormi cette nuit. Ou bien c'est Marcel qui t'a contrariée.

— Non, c'est mossieu l'inspecteur, ricane-t-elle en versant artistement une bière dans un verre idoine. Il vient pleurer pour une bière quand je suis justement très occupée à autre chose.

— Elle retapisse son salon avec madame Gilberte, précise Bertrand.

Carmel boit un long trait de sa bière, attrape son tabac et ses feuilles, et prend un air faussement idiot pour ânonner :

— Je croyais que dans une brasserie, on servait à boire. Ou je me trompe ? Chez nous, au commissariat, quand on vient nous trouver pour une déposition, on n'est pas justement occupé à repeindre les cellules. On fait son boulot.

— Eh là dis donc, *metteko*, c'est pas un flic qui va venir m'apprendre mon métier, hein. Une brasserie, quand c'est fermé, on ne sert pas.

Demande à un de tes juges, il te dira que c'est la loi. Je te verserais à boire qu'un de tes copains viendrait me chercher des poux dans la tête car je travaille en noir. Alors, tu vois, viens pas raconter des carabistouilles.

— Si on ne peut même plus rigoler, gronde Carmel. On s'en jette encore une et on y va.

Bertrand se hâte de vider son verre, et le tend vers la patronne.

— C'est toujours fermé, éructe celle-ci. Celui-là, c'était juste pour montrer que je suis une trop brave fille pour laisser un policier assoiffé.

— Allez, Bertha. Sois sympathique avec les copains.

— C'est peut-être mieux que je vous retienne un peu ici, dit-elle pensivement. Avec cette séance d'enkriekage, il vaut mieux vous tenir à l'écart. On ne sait jamais qu'ils auraient un seau de trop pour vous l'envoyer à travers la gueule.

— C'est quoi cette histoire? Léon va encore baptiser quelqu'un ? Où ? C'est pour quand ?

— Il est parti il y a une petite demi-heure avec Marcel. Ils parlaient du dépôt du tram. À ce qu'il paraît qu'un *big boss* amerloque vient en visite aujourd'hui. La *kriek*, c'est pour lui. Ils ont douze litres, qu'il a dit. Tu penses que le coboille va prendre une douche, mon ami, ça va le changer de ses haricots à la sauce tomate !

Carmel prend le temps de rallumer sa clope éteinte, puis vide son verre, frappe l'épaule de Bertrand :

— On y va.

Au dépôt, ce n'est plus l'ambiance de la veille ; le chef a fait évacuer toutes les rames, qui passeront dorénavant la nuit dans les tunnels, avant de reprendre leur service aux premières heures. Plus question de se faire piéger par des restrictions policières. Dans le fond du grand hangar, il y a encore trois motrices anciennes, couvertes de poussière, avec des plaques aux grands chiffres noirs sur fond blanc. Un 22 (c'était d'actualité) qui jadis ralliait Verheylewegen à la CERIA, s'est endormi à tout jamais dans une odeur de moteur électrique surchauffé. Un 45 aux chiffres rouges rappelle qu'il était autorisé à quitter le territoire de Bruxelles, pour s'échapper jusqu'à Tervuren. La troisième, un *chocolaten tram*[1] préposé aux dépannages, somnole dans la faible clarté du jour naissant. Vestiges du passé, définitivement voués à l'oubli. C'est à pleurer ou à exposer au musée.

Lorsque s'ouvre la grande porte, une lumière nouvelle jaillit, comme l'éclairage d'une scène de théâtre. Un cortège s'avance, mené tambour battant par le chef de dépôt, qui lance ses dernières instructions :

— Vous, Saïd, vous allez chercher une BOA que vous placerez là, bien en évidence. Vous,

---

1- tram dépanneur coloré de brun qu'on appelait « Tram Chocolat »

Joseph, une U5 là. Je veux que tout soit parfait.

Jef Matras n'est pas très content. C'est encore une fois du favoritisme, de donner le nouveau matériel à ce *boukak* ! Ça ne se serait pas passé comme ça avec monsieur Léonard, l'enginieur. Lui, au moins, il savait reconnaître la valeur des conducteurs.

— Où on les prend, ces rames ? demande-t-il d'un ton rogue. Tout est parti.

— J'ai demandé qu'on laisse une BOA et une U5 dans le tunnel du garage. Vous prendrez celles-là. Oh ! Veillez à ce qu'elles soient propres, intérieur et extérieur. Vous demanderez l'aide de madame Gilberte.

— Elle n'est pas là, lance une voix derrière le chef.

— Absente ? Pour quel motif ?

— Je crois qu'elle a eu une indigestion de cadavres, rigole Lowie, arrivé lui aussi dans le grand hall.

— J'ai convoqué tout le monde, insiste le chef. Il ne peut y avoir de désistement ou d'absence injustifiée. C'est d'autant plus inacceptable que nous recevons aujourd'hui une personnalité de marque, qui vient des États-Unis afin de collaborer à la grande modernisation de nos installations. C'est donc le moment de vous montrer sous votre meilleur jour. Pas de remarques désobligeantes, ni de gestes inconsidérés.

— Les coboilles viennent soutenir le cheval

de fer, scande la voix anonyme. Les Apaches n'ont qu'à bien se tenir.

Le chef de dépôt, excédé, toise l'assistance maintenant réunie devant lui :

— *Mister* Edgar Hovervair se propose d'investir dans notre société des capitaux non négligeables et toujours les bienvenus en cette période de récession. Ne perdez pas de vue que vous engagez aussi votre propre avenir.

Un grand silence envahit le hall, ponctué de roucoulements de pigeons. Puis une voix fluette mais timbrée, fuse de la compagnie :

— Il faudra lui lécher les bottes, aussi ? Je pense que des bottes de coboille, ça doit être plein de bouse de vache. Moi je lèche pas ça.

C'est Jean Doyen, un mécanicien près de la retraite, qui vient d'exprimer un sentiment quasi général. Comme il est le plus ancien, il ne risque pas lourd ; ses indemnités de préavis se chiffreraient en millions. Quant à invoquer la faute grave, il s'agirait de contrer l'avis d'une quarantaine de personnes toutes prêtes à témoigner en sa faveur. Jacques-Lionel décide de passer outre cette incartade, et poursuit sereinement :

— Un peu de calme, s'il vous plaît ! Je vous demande de rester sobres, de lui souhaiter la bienvenue, et de répondre clairement aux questions qu'il ne manquera pas de vous poser. N'oubliez pas qu'il parle une autre langue que nous.

Cette fois, c'est Lowie qui intervient :

— Il aurait bien pu apprendre le français avant de venir. Nous, on connaît bien déjà deux langues. Quand je vais chez mon frère au Canada, je vois bien qu'ils font un effort, ces gens-là. Ils causent tous presque comme nous. Bon, ils ont un drôle d'accent, comme tu dirais un de Liège ou alors un d'Ostende qui essaie de parler le flamand. Mais on se comprend. Un jankée peut quand même aussi apprendre le français, non ? Ou bien c'est trop difficile pour lui ?

— Peut-être qu'il sont pas capables, intellectuellement, cite une petite voix dans l'assemblée.

Le chef n'a que faire de ces considérations, et d'un geste péremptoire, met fin aux sarcasmes :

— Suffit ! Les deux maître-mots seront : politesse et déférence. Je compte sur la bonne volonté de tous. Il y va de l'avenir de notre société.

Lowie se penche sur son voisin, et lui souffle à l'oreille :

— Tu crois qu'ils ont des bons métros, chez les coboilles?

— Non, mais ils ont du fric, répond le voisin, ça compense.

Le chef se déplace vers la gauche, pose la main sur l'épaule d'un nouveau-venu, et prend un air enjoué pour annoncer :

— Je voudrais maintenant vous présenter monsieur Jules Hucamus, qui a accepté de nous rejoindre après le décès inopiné de notre ingénieur, Léonard Deshonelles, à la famille duquel nous présenterons nos plus sincères condoléances dès demain. Comme notre entreprise doit poursuivre sa tâche, j'ai demandé à monsieur Hucamus d'assurer la relève dès aujourd'hui. Je vous demande de l'accueillir chaleureusement, et, dorénavant, de vous conformer à ses instructions. Mesdames, Messieurs veuillez maintenant reprendre vos activités. Je vous remercie.

Tout le monde se disperse pour vaquer à ses occupations, tandis que le chef emmène Jules dans son bureau.

(Je profite de ce temps mort pour te signaler que, effectivement, c'est bien le Jules du parc, celui qui a essayé de séduire Arlette, la fille de Carmel. Tu sais bien, le type au visage intéressant qui se le fait ratatiner par Philippe, le mec d'Arlette[1].

Oué, je sais ce que tu vas me dire : que maintenant que tu as acheté ce livre-ci, je te pousse à acheter l'autre aussi, et que j'exabuse. C'est ça, le commerce. J'ai beau être une rame de métro, j'ai le sens des affaires. Tu rigoles, ou quoi ?

Tu n'as pas envie d'une demi-gueuze, toi ? Allez viens, c'est ma tournée. pas de la kriek frelatée, tu sais, juste une bonne bouteille à bouchon, pour te donner des cheveux sur tes dents[1].

1- voir C'est le Brol aux Marolles
1hoer op zen tanne : du courage

Parce que je me rends compte que tu n'es encore nulle part, hein ? Tu te demandes comment ces deux peïs sont morts. Et aussi, qui les a sassinés. Je vais t'avouer que c'est une affaire ténébreuse, comme disait Honoré. Et pourtant dans le métro, on n'a pas peur du noir.

Il y a quelque chose que tu parviens pas à apercevoir, même pas à le décerner. Tu y vois aussi clair que dans le rector d'un Ivoirien, si j'ose ainsi te le dire. Deux cadavers, et pas d'indices, c'est pas du gâteau.

Bon, je vais pas babeler pendant des lunes. Jules et le chef, ils ont juste un escalier à monter. Ça prend pas une journée.)

Jacques-Lionel tient à faire comprendre immédiatement à son nouvel ingénieur qu'ici, il n'y a qu'un chef : le chef. Tout d'abord, l'énoncé de son nom à rallonge lui confère un ascendant indiscutable ; on ne mélange pas torchons et serviettes. Puis, il y a l'ancienneté. Il est hors de question qu'un petit bleu vienne imposer de nouvelles perspectives, alors que lui, Jacques-Lionel des Haunarts, assume avec brio la gouvernance de ce dépôt depuis... eh oui, depuis quinze ans. Il a connu les motrices du type 5000 en activité, lui. Bien avant les rames sophistiquées du suburbain. Il a vu les séries 7000 plonger pour la première fois dans les couloirs du pré-métro. Ça vous assoit un homme. Enfin, il est intime avec les pontes de la direction, avec quelques échevins bien placés, et dîne régulièrement chez le chef de cabinet du ministre des Transports. Il serait aussi l'amant de la femme du préfet si on était en France au XIXe siècle...

Il tient à lui exposer tout cela, à ce Jules Hucamus issu de la plèbe et trop imbu de soi. On le sait, qu'il a inventé un logiciel de supervision du trafic, qu'il est champion en informatique et que son avenir est devant lui. Ce n'est pas suffisant, mon gaillard. Encore faut-il avoir des relations, et savoir s'en servir à bon escient. C'est donc en termes choisis et circonstanciés qu'il explique à son ingénieur les tâches qui l'attendent, l'obéissance au chef prévalant bien sûr. Déléguer est un verbe à la mode, mais Jacques-Lionel y trouve un défaut magistral : en délégant, on aliène en même temps son pouvoir.

— Votre prédécesseur avait pour habitude de faire effectuer une supervision des rames dès leur retour.

— Je dois vous avouer que je n'ai que peu de connaissances en mécanique, monsieur. Je suis plutôt un informaticien.

— Mon cher, vous n'êtes plus ici dans les utopies scolaires. C'est la réalité d'une entreprise. Votre responsabilité sera engagée lors de tout incident ou accident survenu dans ce hall. Jouez à l'ordinateur, si vous le voulez, mais ce sera en dehors des heures de prestation. Le dépôt et l'atelier de réparation sont sous votre commandement. Je ne veux recevoir ni plainte du personnel, ni remontrance de ma direction. C'est bien compris ?

Jules a envie de lui demander quelle est la vraie responsabilité du chef, dans tout cela, mais il préfère s'abstenir. Ne pas secouer le cocotier dès son arrivée.

— Cet Américain a réellement l'intention d'investir chez nous ? Où trouve-t-il un intérêt ? Ces gens-là ne font rien sans contrepartie juteuse.

— Ce n'est pas notre souci, monsieur Hucamus. Si la direction a décidé de lui faire les honneurs, nous la suivrons. Sachez que la stricte observance des instructions est la règle numéro un de notre société.

On entend un remue-ménage dans le hall. Jacques-Lionel se précipite à la porte du bureau, puis s'écrie :

— Les voilà ! Venez, allons les accueillir.

Il descend les escaliers quatre à quatre, suivi d'un Jules nettement moins enthousiaste.

Dans la cour fraîchement balayée, une limousine de trente-deux mètres et quinze pouces de long, blanche comme une robe de mariée, et aux vitres teintées, déverse trois hommes coiffés de *stetsons,* très préoccupés par la mastication de gomme mentholée. Il y a deux grands balèzes, et un petit malingre au milieu. On voit immédiatement à son air féroce que c'est lui le *boss.* Les deux grands ont le regard fier des bovidés amateurs de chemin de fer, et le sourcil froncé par l'effort fourni par la déglutition du jus de leur rumination. Malgré le confort appréciable de leur moyen de locomotion, ils ont l'air d'y avoir été pliés en huit, tant ils affectent de se remettre les vertèbres en place. L'enchaînement infernal de ces trois activités de sortie de véhicule, de mastication et de décollement de la colonne vertébrale leur paraît insurmontable. Le grand droite porte une fleur arroseuse à la boutonnière, le grand de gauche une moustache de séducteur italien de l'époque du cinéma muet, et le troisième arbore carrément une gueule de patron. Impossible de le rater. À mieux y regarder, on constate que les deux sbires sont dotés d'une oreillette dont le fil crépu leur descend dans le col d'une chemise à carreaux probablement coupée dans le kilt de Rob Roy. Le folklore étasunien débarque à Bruxelles, les vachers sont lâchés.

Jacques-Lionel se rue à la rencontre de son hôte ; comme Jeanne d'Arc devant le Dauphin, il n'a aucune hésitation à reconnaître le vrai maître, et lui souhaite la bienvenue dans un anglo-saxon aussi approximatif que cauteleux et soumis, tandis que le *stetsonné* se cale la chique dans la joue gauche pour proférer :

— *Aïe ! Aim' Edgar. Ouate sieur n'aim' ?*

Dans l'affolement, Jacques-Lionel répondrait bien « *My name is Bond. James Bond.* » comme il l'a entendu dans quelques films, mais n'appartenant pas au Missise, se reprend à temps :

— Aïe. *Aim' Jack, mister Hovervair.*

Itsapléjure toumitiou.

Comme tout le monde a abandonné le travail pour observer ces ovnis, la cour a plutôt l'air d'un zoo où les animaux auraient été lâchés parmi les visiteurs. Le chef s'empresse de les remettre au travail à grands gestes dont la sémantique n'échappe même pas à *mister* Hovervair.

Jules vient seulement de sortir du hangar, après un regard nostalgique pour la U5 qu'on a garée face à la grande porte. C'est Roza, il en est sûr. Il se rappelle que c'est avec elle qu'il a expérimenté son logiciel. Il ira lui parler tout à l'heure, lui rappellera les heures passées ensemble, comment il l'avait dotée d'un système d'exploitation puissant, l'avait, en somme, rendue intelligente. C'était il y a sept ans.

— *Here is our informatician ingénieur,* baragouinait Jacques-Lionel, parvenu à sa hauteur en compagnie des trois visiteurs. Ce que Ernest Hemingway aurait sans doute traduit par : Voici notre ingénieur en informatique.

— *Aie ! Enne chantéi,* dit laconiquement et en français le masticateur en chef. Ce que Jean Racine aurait sans doute interprété de la manière suivante : La place m'est heureuse de vous y rencontrer.

Puis il se tourne vers Jacques-Lionel, soucieux de le prendre dans le sens du poil :

— *You know, I love Paris.*

— *Here we are in Bruxelles, sir,* tient à

rectifier Jules.

L'Étasunien se tourne vers lui, le fusille du regard. Qu'est-ce que c'est que cet énergumène qui se mêle d'une conversation de patrons ? Les deux gorilles ont déjà l'index sur la détente du quinze-coups pendu sous leur aisselle. Le *boss* les apaise d'un mouvement sec du maxillaire inférieur droit :

— *Raaït. Aloors c'est ici le banliou of Pariss, no ?*

— La très grande banlieue, se risque encore Jules.

Le chef de dépôt sent arriver l'incident diplomatique. Il se lance dans une description lyrique et passionnée de ce *hall* presque aussi immense que le Texas, de ces rames du dernier cri, capables de transporter plus de sept cents passagers, de cet atelier aux ressources innombrables, de ces techniciens, enfin, gens de cœur et d'esprit, ouverts sur l'avenir, prêts à se dévouer vingt-quatre heures par jour à la cause, plus encore s'il le faut. Des techniciens, oui, qu'ils soient de surface, de tunnel, ou de terrain, qu'ils briquent les rames, les conduisent ou les réparent, tous, unis, derrière leur chef : lui. C'est une diatribe hugolienne.

— *A tîîm, mister Hovervair, a tîîm. Oloveuss !*

L'Étasunien, de son côté, ne laisse rien transparaître. On ne sait pas s'il est content ou déçu. On croyait ces Amerloques plus démonstratifs, et puis non. Tout ce qu'il fait, c'est regarder sa montre toutes les trois minutes. Il se croit à une visite guidée de Paris en bus à impériale, ce type ? À voir son air torve, on croirait qu'il va décrocher son téléphone rouge pour déclencher un tir de six missiles (*dominiciles*) à tête nucléaire. En tous cas, question popularité spontanée et *garisme* comme dirait madame Gilberte, il n'aurait pas fait carrière à Hollywood. C'est pas Georges Clownet, ça, c'est certain.

Dans la foule de la cour, maintenant regroupée dans l'encadrement de la grande porte, Léon donne un coup de coude dans les côtes de Marcel :

— Tu voterais pour lui, toi ? Moi, ce que j'aime chez lui, c'est son chapeau. De la kriek sur du feutre blanc, ça va être du meilleur effet. Par contre, la gueule ! Avec ses airs d'avoir le chapeau trop grand pour sa tête, qu'heureusement il a de grandes oreilles pour le retenir, il va pas se faire des amis parmi le personnel, crois-moi.

— Peut-être que c'est pas ce qu'il recherche. Tu sais, au Congo, on utilisait la même méthode. Tu m'aimes et tu me sers parce que je te fais peur. Et plus je te considérerai comme de la crotte de chien, plus tu feras le chien. Ça marche à tous les coups. La chicotte derrière la porte, mon vieux.

— Eh bien tu vas voir comment il va déguster une bonne rasade de kriek, ce monsieur chicotte. On va attendre que toute la presse soit arrivée. J'ai convoqué les télés, puis les journaux.

Ils seront tous là. Il va bientôt jouer son plus beau rôle : l'amerloque enkrieké du métro. Un beau titre pour la Une, non ? Scénario, mise en scène, direction d'acteur, Léon Dingault, et pour la première fois à l'écran, Edgar Hovevair, dindon étasunien.

— Tu crois qu'il va pouvoir remonter dans sa limousine, mouillé comme il va être ? Il va tout dégueulasser.

— C'est le cadet de mes soucis, mon vieux. Soit il rentre à pied, soit il se met tout nu, je m'en fous. Il aura sa photo au JT, je te le promets. Shakima Cartouche va encore rigoler derrière sa moustache en présentant le sujet.

— Mais elle a pas de moustache.

— Elle est capable de s'en laisser pousser une juste pour le plaisir.

Jean Doyen s'est approché d'eux, et se mêle à la conversation :

— Vous avez vu ses bottes, à ce *peï* ? Même ici il a peur de marcher dans une bouse. Comme si on avait déjà vu des vaches à Bruxelles. Moi, à part à l'abattoir d'Anderlecht et dans la rue de l'Amigo[1], j'en ai jamais vu. Ah si, la fois où ils avaient mis des vaches en plâtre dans les rues, avec une inscription : « ceci n'est pas une vache » !

— Un frimeur, ce type ! C'est tout ce qu'il a : un chapeau de clown, des bottes, et il a laissé son cheval à l'écurie. À part ça, il a du pétrole et des dollars pour acheter ses chwingommes,

---

1- rue du commissariat de Bruxelles

rétorque Marcel.

— Vous avez remarqué que tous les chicons ont besoin d'un signe de reconnaissance, constate insidieusement Léon. Les plus fort atteints sont ceux qui travaillent du chapeau. Bonaparte sans son chapeau, c'était un révolutionnaire, avec son chapeau, c'est un chicon, et j'irais même jusqu'à lui enlever le « chi » si tu me suis bien. Tu peux voir que tous ces types, plus ils sont barges, plus ils aiment les chapeaux. Ils supportent pas que tu voies leur crâne. Tu peux chercher dans tous les domaines, les hommes politiques, les stars, les écrivains, les chanteurs ; c'est à croire que ça fait partie des symptômes de la maladie. Ils se sentent obligés de se mettre un truc sur la tête. J'en ai même connu un (je te dis pas le nom, pour pas avoir des ruses avec) il mettait une perruche sur sa tête car il avait pas de quoi se payer un couvre-con. Et je suppose que du temps où tout le monde portait un chapeau, eux, ils allaient la tête nue. Histoire de se démarquer, tu vois. Qu'on ne les rate pas.

— Moi, à l'armée, on m'avait appris que tu dois te fondre parmi les autres. Tu imagines une groupe de soldats qui marchent à la queue leu leu, et deux tireurs d'élite embusqués dans un arbre. L'un dit à l'autre : « Tu vois le joli barbu là-bas, le troisième en commençant par la fin ? Eh bien je vais lui raser sa moustache. » Il a choisi celui-là parce qu'il se distinguait de ses compagnons. Depuis lors, je me rase bien net tous les matins.

Mister Edgar Hovervair et sa suite passent devant eux sans un regard, et sont invités à visiter la rame BOA, dernière née de la famille métro de Bruxelles. Léon, pour détourner de lui l'attention des sbires à oreillette, s'est glissé à l'arrière de la rangée, à proximité de la grande porte, d'où il peut apercevoir l'installation de la presse. Il note l'arrivée des diverses camionnettes bariolées des chaînes de télé. Tout va pour le mieux dans la cour, ces messieurs-dames attendent la sortie du futur enkrieké. Caméra sur l'épaule, appareil photo en batterie, et les journalistes, micro ou plume à la main, prêts à immortaliser le moment suprême de l'enkriekage. On va pouvoir lever le rideau sur le dernier acte. Faisant signe à ses compagnons derrière la grille, il les place judicieusement, afin de ne pas rater la cible. Le grand Senne amène un seau mousseux qu'il tient incliné vers l'avant, la main gauche sur l'anse, la main droite guidant le fond, et *Carabitche*, le petit dernier de chez Jef Catoen, treize ans aux premières fraises, remet à Léon un seau identique. L'enkriekeur va prendre position à quelques mètres en retrait. On n'attend plus que la vedette du jour.

Dans le dépôt, la visite de la rame s'achève, et Jacques-Lionel emmène l'Étasunien vers son bureau. Le chef de dépôt hésite à enlever son veston et le déposer à terre, afin d'offrir à son hôte un tapis gris avant le gravissement de l'escalier de fer. Les deux gorilles restent figés sur la première marche, tels deux acteurs remerciant leurs adorateurs depuis le Festival de Cannes, tandis que le chef et le *big boss* en puissance, vont se rincer la dalle du verre de l'amitié, en l'occurrence un vin mousseux français.

« Patience, se dit Léon avec un sourire, la Clairette que tu vas déguster tout de suite sera plus belge que celle que tu goûtes là, je te le promets. Et en plus, maintenant, tu bois en suisse, alors que tantôt, tu feras plaisir à tout le monde, surtout à ceux qui ne boivent pas. On doit savoir partager, mon chicon, tu vas voir. »

Tout le monde est resté immobile dans le dépôt, en attendant la fin des libations confraternelles et économiques. Seul le brouhaha des journalistes dans la cour rappelle qu'un spectacle se prépare. Les caméramanes choisissent leur angle de prise de vue, les présentateurs peaufinent leur maquillage et revoient leur texte, les techniciens vérifient leur matériel pour être sûrs de ne rien rater de ce qui fera la une des journaux du soir : l'enkriekage d'un Amerloque. Pendant des semaines d'étiage d'informations percutantes, on avait été contraint de se rabattre sur la toux persistante du chien préféré du prince Florent, le rot incongru du président Charko lors de son allocution aux Nations Unies, ou encore la découverte d'un mouton à cinq pattes en Mongolie Extérieure du Sud-Ouest. Bref, du tout-venant insipide dont il fallait bien remplir les vides des journaux. Alors un *Buddy Bill* enkrieké à

Bruxelles, c'était une aubaine inespérée. On subodorait aussi nectar et ambroisie dans cette affaire de métro bloqué par la police, mais rien n'avait encore filtré. L'invitation de l'enkriekeur arrivait donc à point. D'une pierre deux coups : la confusion née du baptême impromptu de l'Étasunien au dépôt permettrait une inspection discrète des lieux ainsi qu'une entrevue non moins discrète avec le personnel.

Déjà, des apartés se forment avec Jean Doyen, ravi de pouvoir s'exprimer face caméra. Les deux cadavres écrabouillés, l'intervention stérile d'une police contraignante, le blocus du dépôt, le mystère de la répétition de ce qu'il ne tarde guère à appeler des meurtres, tout y passe. Pour les journalistes, c'est jour de fête : ils ont de la matière au moins pour une semaine ! En brodant un peu, on pourra bien tenir une dizaine de jours, c'est toujours mieux que des chiens écrasés à la une. On presse les autres employés de s'exprimer sur le sujet, on fait des photos des rames Monique et Roza, des voies qui hier encore, étaient ensanglantées, de la cour avec la guérite de Lowie. Ce dernier est sollicité de toutes parts, qu'a-t-il vu ? dans quel état se trouvaient les cadavres ? avait-il aperçu quelque chose dans la nuit ? qui étaient les victimes ? leur adresse ? madame Gilberte ? quelle madame Gilberte ? où est-elle, qu'on l'interroge !

Le chaos est tel qu'on en oublie le futur enkrieké. Celui-ci, pourtant, descend les marches métalliques d'un air contrarié. "Ces vins français, quelle pâte ! Ça vous colle la langue au palais, c'est d'un sucré ! Ça fait des bulles, mais ce n'est pas du soda *light*. Ils ne connaissent donc pas le *straight*, ces exotiques ? Des chochottes qui bibinent de la liqueur pour vieilles bostoniennes puritaines, sans savoir que l'oncle Sam a inventé le *whiskey* et le *bourbon* pour réconforter l'humanité souffrante. Toute une éducation à faire."[1]

Au bas de l'escalier, il a un regard méprisant pour cette populace qu'il se jure bien de saquer au plus tôt, lorsqu'il aura remplacé le réseau par des rames autonomes, commandées par un ingénieur informaticien issu des meilleures universités (*Yale, Harvard* ou *Stanford*). Plus besoin de ce petit personnel coûteux, revendicateur, syndicaliste, gauchiste, et toujours en congé de maladie.

En traversant le hall vers la cour, il s'arrête devant Monique, l'imaginant déjà équipée de tous les instruments de navigation et de détection, générant des dollars sans en exiger. Le retour sur investissement, voilà le maître-mot ! Chaque *cent* dépensé en rapportera dix mille, dès demain !

Mister Hovervair se voit déjà en magnat du métro, comme son cousin est celui du pétrole en Alabama. Ces péquenots hilares ne savent pas ce qui les attend.

Un homme s'avance vers lui en

1- le passage entre " " est à lire avec l'accent US, merci.

chantonnant. Il ne comprend pas, mais suppose que ce doit être une chansonnette vernaculaire de bienvenue :

« *Santeï, santeï, santeï, t'es on-onze tournéï* » fredonne le nouvel arrivant, qui incline en arrière le petit seau en plastique qu'il porte.

Un sourire vient aux lèvres d'Edgar, histoire de faire bonne figure devant ces péons, sacrifiant ainsi au folklore local, lorsqu'une douche immonde lui gicle au visage.

Sous les rires et quolibets d'une foule soudain en liesse, et "*Shit !*" le crépitement de cent flashes et le ronronnement facétieux de dix caméras de télévision, il vient d'être aspergé d'un *gallon* (américain) d'une merde rosâtre et horriblement sucrée !

"Qu'est-ce que c'est ? Comment est-il possible que ces ignares agissent de la sorte envers un bienfaiteur venu d'outre-Atlantique ? Je les vire tout de suite, sans indemnité, tout nus sur la rue !" (Ceci exprimé en langue étasunienne et placé entre guillemets anglo-saxons, *of course*.)

Dans un brouillard sirupeux, il entrevoit un autre homme s'avançant vers lui, un seau à la main, un sourire aux lèvres, mais sa chanson n'est pas la même :

— Youp ! Arrosons, arrosons, c'est bon pour les chicons, chante celui-ci.

Et il lui envoie un deuxième *gallon* de kriek sur le museau. Cette fois, les photographes, bien prévenus par la petite phrase rituelle, ont réussi à immortaliser l'instant au millième de seconde. Le héros de la fête écarte les bras, constate les dégâts : son beau costume d'alpaga rayé de gris est maintenant taché de bière et d'écume, pendant comme une serpillère sur les flancs du magnat, le chapeau devenu rose renversé sur la nuque, les cheveux embrillantinés de kriek, les cils, les oreilles, le nez, le menton dégoulinant de sirop de cerise macérée. L'assistance attend patiemment une troisième giclée. Les gorilles n'ont rien vu venir. D'habitude, pour eux, un malfrat animé de mauvaises intentions envers leur employeur se présente sous les traits de Jack Palance, d'Oussama ou de Bruce Cabot : le regard anthracite, la face émaciée et tordue par la haine, une kalachnikov à la main, un colt à la ceinture, un couteau entre les dents, une bandoulière de bâtons de dynamite sur la poitrine, ou alors basanés, barbus, enturbannés, avec un lance-missile dans la main droite. La gueule patibulaire, hirsute. Pas *Alan Ladd* ou *Gary Cooper*. Pas ces espèces de pitres rigolards, « armés » d'un seau à peinture et chantonnant des comptines folkloriques. Après un moment d'hébétude, qui leur fait avaler leur gomme à mâcher sans coup férir, ils se précipitent vers le maître, projettent du coude les deux enkriekeurs sur le sol, sortent leur revolver respectif et braquant la foule, conduisent *mister* Hovervair vers la limousine kilométrique et l'y enfournent. Ils ont vu les vidéos de l'attentat de Dallas et comment on évacue un homme à terre. La *limo* blanche disparaît dans un grand nuage de pétrole carbonisé. Fin du spectacle. Rideau.

De son côté, Léon Dingault s'est remis d'aplomb, a ramassé son petit seau, a tendu la main pour aider le grand Senne à se redresser lui aussi, puis, après un petit geste de la main, ponctué d'un « C'est bon pour les chicons », quitte la scène du crime de lèse-Amerloque à pied, le sourire aux lèvres. Les traminots le regardent s'éloigner dans la rue, vacher solitaire sur son cheval blanc pommelé, et chantonnant :

« *I'm a poor lonesome cow-boy* ».

Les journalistes, satisfaits eux aussi, et surtout, impatients de proposer leur reportage au comité de rédaction, replient leur matériel, et après un salut cordial au petit personnel, évacuent la cour. Cette cour de supplice où demeure, pétrifié, liquéfié, abasourdi, chamboulé, contrit, vexé, dérouté, anéanti, et passablement enkrieké lui-même, un Jacques-Lionel des Haunarts proche de la crise de nerfs.

Entre-temps, Monique en profite pour me lancer un clin de phare :

— *Je suis contente de te voir. J'ai bien cru qu'on allait être séparées pour toujours, avec toutes leurs manœuvres. C'est pas gai, dans ces tunnels, pour dormir avec tous ces courants d'air. Ici, il y a des oiseaux qui viennent t'éveiller le matin, et puis il y a de la lumière, et puis madame Gilberte. Tu sais qu'elle n'est pas venue me nettoyer, ce matin ?*

— *Moi non plus. Je crois qu'elle n'a pas supporté les incidents des deux nuits d'avant. Elle était un peu dans les patates.*

— *C'est drôle que ces humains savent faire des manières avec des choses simples comme...*

— *Ah non, hein ! Tu vas pas déjà raconter la fin de cette histoire, comme ça, au milieu du livre ! C'est des trucs à casser tous les effets d'une auteure, tu comprends ? Toi, tu sais ce qui s'est passé, mais eux, là, en face de cette page, ils savent pas encore. Laisse-les un peu mijoter comme dans un bon polar, et puis, vers la dernière page, on leur dira ce qui s'est passé.*

— *Oui mais c'est moi qui dois le raconter, promis, hein ?*

Roza pousse un soupir qui fait tressaillir les rails sous elle :

— *Alleï, bon, je veux bien que c'est toi. Mais tu te tais jusqu'à ce que je te dise que tu peux y aller. C'est quand même moi qui raconte cette histoire, potverdekke !*

Oh lala, j'entends encore une fois un zievereir qui vient dire que c'est pas possible, qu'on sait pas se parler entre nous à cause que tout le monde nous entendrait. Ces peïs savent pas comprendre qu'on est dans un roman, ici, avec des rames de métro qui parlent et des humains qui broubel. Parce que pour broubeler, c'est des cracks, tu sais ? Ils sont capables d'inventer une minute de silence en flamand et puis une autre minute de silence en français pour honorer la mémoire d'un héros, mais ils savent pas comprendre que la vraie vie ça est pas un roman que tu inventes comme si tu rêves que tu es d'Artagnan. Eux, quand ils lisent un chance-friction ou un bazar comme ça, ils croient que c'est pour du vrai, tu te rends compte ! Mais sans doute que l'un va avec l'autre. Quand on a un coup du moulin[1] comme ça, on croit qu'on vit comme un Tarzan des petits bosquets dans la jungle du parc Josaphat. Alors il vaut mieux les laisser à leurs petites occupations. Et je vais te dire, je préfère quand ils s'envoient de la bière sur la fraise au lieu de balles dum-dum. C'est plus rigolo, ça fait surtout moins de saletés et c'est plus facile à reloqueter comme elle dit madame Gilberte.

— *J'ai compris, s'excuse Monique. Je ferme ma gueule. Oh, dis à propos, j'ai battu mon record de vitesse ! Du septante-huit à l'heure, que je sais faire. Tu te rends compte ?*

1- ne klop van de meule : divaguer

— *Oué, mais pas longtemps, sans doute. C'est comme ces bêtes qui courent si vite et que j'ai oublié comment ça s'appelle, tu sais, avec des longues pattes de derrière et des oreilles d'âne.*

— *Alors c'est pas une grenouille. Ça a des grandes pattes de derrière mais pas des oreilles.*

— *Tu vas arrêter de jouer avec mes roulements à bille car je vais t'en filer une que tu sauras plus comment tu t'appelles, hein ? Tu as déjà vu une grenouille qui court vite, toi, peut-être ? Je te parle d'un lièvre, voilà. Ça fait de son nez, ça joue au dikkenek et puis c'est dépassé par une tortue. Moi je dis que le tout, c'est d'avoir un bon conducteur et de partir à l'heure. Comme ça on arrive toujours.*

— *Chi va piano, va lontano, rêve Monique.*

— *Ça je sais pas si il faut un piano avec, mais moi je dis que celui qui marche vite, il va plus loin que celui qui court lentement. Ara !*

6. Il va pendre dans la petite armoire   (Un mariage en vue ?)[1]

Campo ! En rentrant chez lui à huit heures du matin, le stagiaire Susse se répète le mot en boucle. Après une nuit à chercher le tabac du commissaire, à attendre un appel de détresse qui ne venait pas, à écouter Carmel discourir sur les aventures de Tintin au Congo, le jeune policier est satisfait de retrouver les commodités de son appartement de la rue de Florence, juste au-dessus d'un boulanger. Pratique pour les croissants du matin.

Dès que le café se met à percoler à grands borborygmes de renvoi éhontés, il saisit son petit agenda, où il a pu cette nuit noter le numéro d'appel d'une certaine Arlette Carmel avec laquelle il passerait bien la journée. Pas question d'aller se coucher, un rendez-vous avec cette belle fille lui semble plus important. Il écoute la divine sonnerie la bouche entrouverte, les yeux dans le vide. Réponds, Arlette, je t'en prie, réponds ! C'est le percolateur qui annonce son existence le premier en lançant un énorme jet de vapeur ponctué d'un rot de qualité supérieure. Mais dans le portable, personne. Une voix angélique lui susurre soudain :

— Je ne suis pas libre pour l'instant, rappelle-moi ou laisse un message.

Cette mélodie, c'est comme du miel qui lui inonde les oreilles. Ah, petite Arlette, je... Biiip.

Encore abasourdi, François en oublie son texte, ses belles phrases bien torchées, pour

---

1- hij goet zeker in het kaske hangen - Publication des bans retrouver son balbutiement coutumier.

— Euh, je vous demande pardon de vous avoir dérangée. Je rappellerai.

Il est prêt à couper la communication, lorsqu'il entend, très loin dans l'appareil, un cri d'enfant qui appelle sa mère.

— Euh, c'est François, balbutie-t-il. Le stagiaire qui travaille avec votre père. Vous savez, le commissaire Carmel. Oui, vous le connaissez, bien sûr, puisque... je veux dire... c'était pour... Je vous rappelle. Au revoir.

Il repose le mobile sur la table, comme un combiné sur sa fourche. Pris au dépourvu, il s'est conduit comme un gamin. Ce n'est pas possible d'être tarte à ce point. Il va rappeler, mais avant, il faut préparer un texte consistant. En avalant sa première tasse de café correct, il se met à griffonner une supplique pour tenter de décrocher un rencart avec la fille.

Il mâchonne encore la dernière bouchée de son croissant, lorsque le téléphone se met à interpréter le grand air de la Traviata.

— C'est François, bonjour, lance-t-il prudemment.

Si c'est le commissaire qui le rappelle, la journée est fichue. La voix mélodieuse de tout à l'heure se glisse vers son tympan :

— Bonjour, tu as appelé ? J'étais dans la salle de bains.

Illico, Susse imagine cette déesse nue sous la douche, l'eau tiède ruisselant sur son corps magnifique, et chantant « Un jour François viendra » en pensant à lui.

— Je donnais le bain à Dempsey, continue la voix.

Dempsey ? Quézaco ? Elle ne va tout de même pas lui raconter ses fredaines avec son coquin ! La belle illusion de Susse fond d'un seul coup.

— Il faut que je le surveille, dit-elle. Il s'amuse toujours avec les robinets. C'est chic de m'avoir appelée. On peut dire que ça n'a pas tardé. Mon père t'a laissé partir ? Si tu as une minute, je te rappelle dès que Dempsey est habillé. Ou plutôt non, viens nous dire bonjour. À moins que ce ne soit trop loin.

— Non, non, s'empresse Susse. Juste le temps d'arriver. Je saute dans un métro.

Inutile de lui demander l'adresse, il la connaît déjà par cœur, sinon, à quoi serviraient les prérogatives de la police ?

Filant à belle allure dans le ventre douillet de Roza, le jeune stagiaire rêve d'une journée jubilatoire. Cette petite Arlette a beau être la fille de son chef, il l'accrocherait bien à son tableau de chasse. Il a bien sûr pris le temps de se raser, de s'inonder d'eau de toilette, de se rincer la bouche au détergent parfumé au menthol, de se rendre le plus désirable possible. Il aurait bien acheté des fleurs, mais au dernier moment, s'est dit que ça ferait ringard. Des poulettes comme celle-là, on ne les appâte pas avec des marguerites ou des camélias. C'est l'œillade, et surtout la prestance du mâle qui l'emporte. Il va entrer, l'embrasser sur la joue comme un grand frère qui revient d'Australie, faire un câlin au mouflet, prendre place dans un sofa, siroter un verre de n'importe quoi que lui aurait servi la belle, puis, lorsque l'enfant serait au lit, entamer la procédure de séduction, qui finirait par un grand remue-ménage dans le lit.

Un sacré programme, il en salive d'avance.

Elle habite au deuxième étage. Sous le bouton de la sonnette est indiqué : Arlette Carmel. Susse passe la main dans ses cheveux dressés en porc-épic par un gel de haute facture, rajuste sa veste de cuir, s'éclaircit la gorge, puis tend l'index droit vers la rangée de boutons.

— Monte, je t'envoie la clé. Attrape, lance un voix céleste. C'est au deuxième gauche.

Il lève les yeux et aperçoit, derrière un trousseau qui descend vers lui à vive allure, le visage tant espéré de la belle Arlette. Il n'a que le temps d'esquiver, et les clés heurtent durement le sol.

Un peu cavalier, sans doute, cet accueil, peu féminin, mais tellement porteur de douces promesses. Elle l'attendait, guettait son arrivée derrière les rideaux, et comme il tardait à sonner, probablement s'est-elle empressée.

En face, toujours assise devant la fenêtre dans son fauteuil délabré, la vieille Germaine interpelle son mari assis à la table, et plongé dans un puzzle interminable :

—Nestor, Nestor, elle a un nouvel amoureux ! L'autre est à peine en prison que ça recommence.

— Heureusement que cette fois-ci, on ne va pas le retrouver sur le trottoir entre nos poubelles, marmonne l'interpellé. Comme le gorille n'est plus là, celui-ci risque bien de rester pour toute la journée, et sans doute la nuit aussi. Mais je vais quand même sortir mon fusil, on ne sait jamais. Si il touche à nos poubelles, je le plombe. Tu sais encore où sont les cartouches ?

— Tu sais bien que tu les mets derrière tes *singlets*, réplique Germaine sans quitter des yeux le trottoir d'en face. Tu vois, elle lui a lancé ses clés, et hop ! c'est emballé ! Elle ne sait pas se passer d'hommes, celle-là. Et ce sont toujours des olibrius bizarres. Une fois, c'est un catcheur repris de justice, une fois un clochard qu'on retrouve couché entre nos poubelles, et voilà maintenant un autre spécimen. Je me demande ce qu'il est, cette fois.

— Pour une fille de commissaire de police, elle choisit mal ses amoureux, constate Nestor en posant sa carabine à côté de la porte. Là, je la vois bien, je n'aurai qu'un geste à faire pour l'attraper. Qu'est-ce que tu disais, pour les cartouches ?

— Derrière tes *singlets*. Tout au fond, le paquet enveloppé dans du journal. Fais attention de ne rien renverser dans l'armoire. Eh bien voilà :

il est entré, le spectacle va commencer.

Nestor, soudain intéressé, s'approche de la fenêtre :

— Elle a laissé les tentures ouvertes ? On voit quelque chose ?

Germaine referme brusquement sa propre tenture dans un crissement péremptoire :

— Fin de la représentation pour toi.

Lorsqu'il arrive sur le palier du deuxième, Susse est hors d'haleine. Il se dit qu'un rien de sport lui ferait le plus grand bien. La porte de gauche est entrouverte, jetant un rai de lumière sur la rampe, puis sur la main du stagiaire. Il s'octroie une seconde de temps mort pour retrouver son souffle, puis pousse la porte de l'appartement. Personne dans l'entrée, pas plus que dans le séjour. Elle doit être en train de coucher l'enfant. Susse en profite pour investir les lieux. Le sofa espéré se trouve là, prêt à l'accueillir, sur la table basse, des verres et une bouteille d'alcool. La journée s'annonce sous les meilleurs auspices. Il est prêt à se servir une rasade, lorsque la maîtresse de maison apparaît. En guise de robe du soir, elle porte un survêtement vert portant une carte d'Afrique cerclée de l'inscription : « Université de Lulua-bourg ». Le jeune homme en perçoit une profonde déception. Une sportive ? De celles qui courent après un ballon, qui trouvent amusant de faire quinze kilomètres à pied en deux heures ?

Arlette s'est aperçue de la déconvenue de

son invité, et achève sa mise à mort en précisant :

— J'adore les arts martiaux. C'est un truc qui me plaît vraiment. Et puis, ça peut servir. On ne sait pas sur qui on tombe.

C'est aussi l'avis de François. On tombe parfois sur une pugiliste alors qu'on fleurait un tendron. Pas de chance. Ses rêves érotiques fondent brusquement en marasme.

— Pour le moment, j'adore le *taekwondo*. Je pense que je vais m'y spécialiser. J'aimais bien le *Liuhe Bafa* mais c'est un peu statique.

Statique ? Avec un nom pareil ? Ça voudrait dire *distribution de baffes* en coréen que ça ne l'étonnerait pas, le Susse ! Le *truc congo,* il en a entendu parler. On se met sur la gueule avec les mains, les poings, les pieds, vraiment une activité de taré, juge-t-il un peu sévèrement. Pas franchement romanesque, en tous cas. Les manuels de pratique ne doivent pas se trouver dans la bibliothèque rose ou dans la collection Cœur Brisé. Plutôt dans la rangée des œuvres complètes du marquis de Sade et les mémoires illustrées de Torquemada.

De son côté, Arlette a senti qu'elle poussait un peu loin. Ce joli petit inspecteur en devenir n'avait pas le physique de Philippe Quinquonge, son ex, que le vilain commissaire Carmel a fait embastiller. À voir son visage dé-composé, elle se dit que François va tomber dans les pommes d'un instant à l'autre. Ce serait mal venu, pour une première rencontre. D'habitude, c'est la demoiselle qui se pâme. Elle a un souvenir ému pour le pauvre Jules, que Philippe avait rossé d'importance le premier soir, ici-même. Aujourd'hui, elle n'a plus besoin d'intermédiaire, elle se sert de ses poings avec assez de verve. Mais le moment serait plutôt à la détente. Un verre, une gentille discussion sur le canapé, puis l'assouvissement des passions dans la chambre. Au revoir, monsieur, merci monsieur. Un joli stagiaire de plus au tableau de chasse.

Depuis le départ forcé de Philippe, il fallait bien sacrifier à la chair. C'était, en somme, la farce de l'arroseur arrosé. Ce petit gars croyait jouer au mâle tombeur de dames, mais c'est lui qu'on tombait. Juste retour des choses, et si cela ne lui plaisait pas, on pouvait, pour le même prix, lui mettre un doublé sur l'arête du nez, *pour que ça saigne un peu*, puis l'expédier entre les poubelles du trottoir d'en face. Ni vu, ni connu, pas vu, pas pris, *semper fi,* et autres balivernes du même tonneau. Elle aime ça, Arlette, elle ne peut réprimer cette tendance à la gesticulation machiste. Elle aime les hommes, bien sûr, mais sous forme de tartare. Macérés sous la selle pendant quelques jours, comme chez les Huns. Bref, elle adore cogner de la barbe naissante, oblitérer d'un pied énergique une joue qui attendait un baiser, prélever deux incisives d'une bouche aux lèvres tendues. Pas une tendre, comme pouvait l'espérer François.

— Un café ? propose Arlette avec un

sourire engageant. Je viens de le faire. Tu as passé la nuit au commissariat, sans doute. Pas terrible.

— Je rentrais chez moi. Comme je n'avais pas envie de me coucher, je vous ai téléphoné. Mais si je vous dérange...

— Pas du tout ! Je suis contente de te voir. On n'a pas eu beaucoup de temps pour parler, hier soir.

La conversation, pour mondaine qu'elle soit, agace un peu Arlette. À quoi bon éterniser les ronds de jambe ?

— J'allais faire une promenade avec Dempsey. Tu sais, il ne va pas encore à l'école. Chaque matin, on va faire le tour du petit parc, au bout de la rue. Si tu veux, tu nous accompagnes.

Juste le temps d'expédier une ou deux tasses de café, se dit François, et je serai d'attaque pour une balade.

Le café d'Arlette est encore plus infect que celui du distributeur du commissariat. Proprement imbuvable. Le stagiaire y ajoute six morceaux de sucre, ce que ne manque pas de remarquer Arlette :

— Mon père non plus n'aime pas mon café, dit-elle. Il le trouve dégueu. Je vois que tu es du même avis. Je vais habiller le petit et on y va.

Après son départ, François jette un regard circulaire dans la pièce. Un regard de flic. Comme il ne s'agit pas d'une scène de crime, il n'y a rien de bien intéressant. Un séjour pareil à des milliers d'autres, des photos encadrées sur un buffet, sur lesquelles il reconnaît Carmel et sa fille devant l'estacade d'Ostende, devant l'arcade du Cinquantenaire, devant le Mardasson à Bastogne. Ils voyagent en famille, ces deux-là. Puis aussi des photos de bébé dans les bras de son grand-père, de sa maman. Il s'agit de Dempsey, à ne pas s'y tromper.

Dempsey ! Le prénom est original. C'est le nom d'un boxeur américain. *Le tueur de Manassa.* Ça lui promet un avenir pour le moins agité.

Il est tiré de sa rêverie par le retour d'Arlette, qui tient un enfant de deux ans par la main.

— On y va ?

Après l'insertion, au bas de l'escalier, du jeune Dempsey dans une poussette aux lignes aérodynamiques, Elle prend la direction du parc.

Derrière elle, François a du mal à suivre. Le rythme de la marche est infernal, plutôt à mi-chemin entre la marche et la course. Poussant l'enfant devant elle, la jeune femme contrôle sa respiration, ajuste ses enjambées, et prend très vite une cadence que François suit en ahanant.

— Dites-donc ! C'est drôlement sportif, votre promenade.

Ça n'a, en effet, rien d'une balade d'amoureux au clair de lune. En deux minutes et quinze secondes, elle a atteint les grilles du parc, et entame les allées au pas de gymnastique.

— On appelle ça une *speed-marche.* Un simple décrassage des membres inférieurs. Très bon pour le souffle, aussi. Tu devrais synchroniser ta respiration.

Le stagiaire ne synchronise plus rien, et tombe assis sur un banc, à côté de deux amoureux cinquantenaires qui se bécotent goulûment. Winston et Juliette, vous vous rappelez ?

— Alors, tu arrives ? lance Arlette qui s'éloigne vers la sortie du parc.

François contemple les deux tourtereaux sur le retour avec un soupir ; eux, au moins, savent ce qu'est roucouler. Il se met en route dans le sillage d'Arlette. S'il avait su, il n'aurait pas téléphoné au lendemain d'une nuit blanche au commissariat. Si les rendez-vous avec cette jeune femme doivent prendre la forme de compétitions sportives, il lui faut un entrainement de haut niveau.

Lorsqu'il retrouve le séjour placé sous l'œil vigilant du commissaire, François s'affale dans le divan, tandis qu'Arlette délivre son petit Dempsey et lui sert un grand verre de lait dans la cuisine.

— Tu en veux un ? lance-t-elle à la cantonade. Un verre de lait. Comme tu ne raffoles pas de mon café, je me disais... Tu préfères une bière, sans doute.

— Je suis désolé, dit-il. Je manque de souffle. Et cette nuit blanche m'a un peu entamé.

— Tu essayeras de faire mieux la prochaine fois, lance-t-elle en posant un verre devant lui.

Le gosse, qui a terminé le sien, vient se

blottir sur ses genoux. Embarrassé, le stagiaire se tourne vers Arlette :

— Mon fils, dit-elle. J'ai un curriculum assez compliqué alors je préfère ne pas en parler, si tu le veux bien. Je me sers un soda et on peut discuter. Tu es venu pour ça, non ?

François plonge le nez dans sa bière pour ne pas avoir à répondre (et mentir) à cette question. Il était venu pour se faire une petite poulette, surtout, et particulièrement, la fille du patron. Il aurait pu toiser Carmel avec un regard nouveau. Mais il se rend compte à présent que ce n'est pas gagné. Un lot comme Arlette, il sent qu'il doit le mériter, et que ce ne sera pas exclusivement avec sa belle gueule.

Elle s'absente pendant un moment, sans doute le temps de prendre une douche et de passer une tenue plus adaptée à la conversation. Cet intermède permet à Dempsey de montrer à son nouvel ami un splendide ensemble d'entrainement miniaturisé. Il s'agit d'une planche sur laquelle on pose les pieds pour la stabiliser, et dotée d'un ballon de cuir au sommet d'une tige flexible. Le petit sait à peine marcher, mais il cogne déjà fort bien, et en rythme. François apprécie ces esquisses de *Dempsey rolling* encore puériles, mais très prometteuses. À deux ans, cette graine de champion a déjà tout d'un grand.

— Demps ! intervient sévèrement Arlette de la porte du couloir de nuit. Tu arrêtes immédiatement. Tu vas faire peur à notre ami

François.

Alors là, son ami François est scié ! Être effrayé par un gosse de deux ans, même s'il boxe déjà comme un poids coq, c'est un peu exagéré. Elle y va fort, Arlette. Il se retourne vers elle et reçoit dans un éclair, la plus belle vision qu'il ait jamais entrevue. Elle a quitté son survêtement pour une jupe verte extra-courte, et un tricot léger de coton rouge, qui lui moule la poitrine. À chacun de ses mouvements, ses seins opulents mais fermes tressautent dans leur abri trop précaire. C'est apocalyptique. François a l'impression de marcher au bord d'un abîme. « Si elle tombe dans le canal, avec des bouées pareilles elle ne risque pas de couler » se dit Susse, qui en perd littéralement l'usage de la parole.

— Tu restes dîner avec nous ? demande-elle en s'asseyant en face de lui.

Il resterait bien pour la nuit, et le lendemain aussi... Il a l'impression que sa langue lui pend sur les genoux, et mouille le tissu du pantalon. Ce n'est que son verre de bière qu'il a malencontreusement incliné, et dont le contenu s'écoule doucement sur ses cuisses. Arlette s'en aperçoit et se précipite :

— Attends, donne-moi ton verre. Ne bouge pas, je vais chercher du papier absorbant.

Elle en ramène un rouleau de la cuisine, et frotte rudement les genoux de François, tout en le fixant dans les yeux :

— Tu ferais bien de dormir un peu. On

croirait un zombie.

Quel homme normalement constitué parlerait de dormir quand il a, accroupie devant lui, une déesse dont les seins se balancent au rythme des mouvements de ses bras ? Il irait bien se coucher, ça oui, mais avec elle, en ayant remisé le gosse dans sa chambre. Voilà ce que pense le stagiaire exorbité. Il n'a pas sommeil, ce petit, après une course pareille dans le parc ? C'est vrai qu'il ne s'est pas donné beaucoup de mal, il était dans une poussette ! Le bambin est là, qui regarde sa mère agenouillée devant cet inconnu, lui prodiguant ce qu'il juge être des caresses. Il y a dans son regard une réprobation qui n'échappe pas à François.

— C'est fort mouillé, constate Arlette. Tu ferais mieux d'ôter ton pantalon, que je le fasse sécher dans la salle de bains.

C'est ce qu'on appelle aller vite en besogne. À peine arrivé, le voilà déjà en caleçon dans le divan de la belle. Reste encore à évacuer le môme, et bonjour madame ! La tournure que prennent les évènements plaît beaucoup à François, qui vide voluptueusement son reste de bière pendant que Arlette s'absente. Dempsey a conservé son œil torve, et s'il reste muet, il semble n'en penser pas moins. Il marque son net désaccord par un uppercut de pro sur son jouet, qui valse au bout de la pièce, et sonne contre le radiateur.

— Demps ! le tance encore sa mère, tu es

intenable ! Ouste, dans ta chambre. Et prends ton *punching ball* avec toi. Je ne veux plus t'entendre pendant... (Elle jauge le stagiaire penaud) Trois quarts d'heure.

L'interpellé obéit docilement, ramasse son jouet et se retire dans sa chambre, dont on entend claquer la porte. François se dit que ce doit être une habitude, pour lui.

— Ton pantalon sera sec très rapidement, dit-elle au stagiaire d'une voix soudain adoucie. Je me suis autorisée à vider tes poches avant de le passer au séchoir. J'ai trouvé ça.

Elle étale sur la table quelques objets de première nécessité, un mouchoir, un coupe-ongles, quelques pièces de monnaie, et un téléphone portable.

Nom de Dieu ! Le téléphone ! Il a oublié de le remettre à Carmel. Ce n'est peut-être pas important ; cependant, ça peut être assimilé à de la négligence, voire de la dissimulation de preuves. Mener au blâme, à la radiation des cadres de police. C'est donc en caleçon, avec son propre portable, qu'il appelle son supérieur :

— Commissaire Carmel ? C'est François. Je dois vous avouer que j'ai oublié de vous remettre un objet que j'ai trouvé ce matin. C'est un téléphone, sans doute appartenant à la deuxième victime.

— Tu es chez toi ? demande Carmel. Je suis en voiture, justement pas loin. Je passe le chercher. Ça t'évitera de te déranger.

— C'est à dire, non... balbutie François. Je ne suis pas chez moi. Chez une amie, assez loin.

— Une amie, une amie, intervient Arlette. Passe-le moi.

Elle arrache l'appareil des mains du jeune homme, et lance d'une voix ravie :

— Papa ? Il est chez moi. Oui, oui, ton stagiaire. Il est en caleçon sur le canapé. Te dire qu'il ne peut pas venir tout de suite, hein ? En tout bien, tout honneur, ne crains rien. Il était venu faire un peu de sport au parc avec moi et Demps, et puis il a renversé son demi sur son pantalon. Ça aurait fait mauvais genre qu'il rentre comme ça chez lui, non ? J'en ai pour une petite heure, et je te le rends.

François entend la voix dans le téléphone, mais ne comprend pas les paroles.

— Oui, il est chou, continue Arlette. Question boxe, ce n'est pas Philippe, il a même eu peur du jeu de jambes de Dempsey. Pour le reste, il faut encore voir.

Grosse intervention du commissaire, ponctuée de cris.

— Eh, ça a son importance, non ? Si tu veux que je m'installe avec lui, il faut d'abord...

Les cris dans le téléphone augmentent au point que François redoute son explosion suite aux vibrations.

— Oh, ça va, papa. Bien sûr, il est à côté de moi. Il a tout entendu. Il sait maintenant quel vilain entremetteur tu es. Il dit qu'il ne te voyait pas comme ça. (Clin d'œil à François). Compte sur moi. Je ferai tout ce que je peux pour le retenir. C'est ça, au revoir. Oh, papa ! Ne passe pas, je lui demande de retourner au commissariat dès qu'il sera retourné dans son pantalon.

Elle referme le téléphone avec une lueur de victoire dans les yeux. François, lui, ne sait plus où se mettre. Il imagine une scène préliminaire entre Carmel et sa fille. Le plan machiavélique qui en résulte : Carmel envoie son stagiaire dans l'accueil du commissariat pour une raison futile. Accueil où l'attend Arlette, qui aguiche le jeunot. Le lendemain, ce benêt téléphone, elle lui propose de venir chez elle, lui enlève son pantalon et voilà ! Tout ça pour le piéger. Pour le pousser au mariage... ma parole, c'est vrai qu'elle est splendide, et qu'il ne fallait pas toutes ces simagrées pour le rendre amoureux !

— Ne me regarde pas comme ça, dit-elle. Je ne vais pas te frapper. Tu es trop mignon pour ça. Tu sais, ça m'est arrivé de remettre un type à sa place.

François peut facilement s'imaginer la manière utilisée. Quand on appelle son fils Dempsey, on s'y connait en boxe et dérivés, c'est inévitable. Ajoutez sur le chemin de la belle un quidam animé de basses intentions, et le résultat ne se fait pas attendre ; un doublé sur le nez *pour que ça saigne un peu,* suivi sans doute de l'envoi de la pointe acérée d'un escarpin juste entre les deux testicules du malandrin : la botte de pervers !

et voilà le travail.

Le stagiaire n'est pas friand de ce genre d'exhibition. C'est avec un plaisir et un soulagement non dissimulés qu'il s'entend dire :

— L'heure tourne. On passe dans la chambre ?

Ils sont quand même mignons, ces petits amoureux, hein ? Ça me fait toujours venir une larme au phare quand je les vois roucouler comme ça, comme les tourterelles du dépôt. Tu vois, c'est des histoires comme ça que je voudrais raconter, mais avec moi ça dure jamais longtemps avant que tu trouves un cadaver égorgé, une tête écrasée, des crimes, allei ! Je sais rien là contre. Je vais dans un parc m'asseoir sur un banc, je regarde deux amoureux et des moemas avec leur ket qui joue dans le sable, et klette, Mariette ! il y a un crime ! Ça c'était dans le brol aux Marolles. Cette fois-ci, on est bien tranquillement au repos dans le dépôt, à roucouler avec les pigeons, et paaf, Gustaaf ! de nouveau un crime ! Tu voudrais croire que je le fais en exprès, eh bien non. J'essaie, mais ça ne va pas. J'ai vraiment pas de chance.

Je te prie quand même de remarquer que c'est toujours à cause des hommes, que ça arrive. Tu vas me dire qu'il y a que ça dans mes histoires, et que ça serait difficile de raconter les amours d'un réverbère avec une cabine à haute tension. Tu aurais tout à fait raison. Je reste pourtant persuadée que si je me lançais dans ce roman-là, il n'y aurait pas de morts, si longtemps qu'on parlerait pas des hommes. Et j'aurais une chance de rentrer à la cacadémie. Hervé Bazkin va se régaler en lisant ça entre les fanfreluches d'Aurélie Colhomb et les mémoire de la princesse Ingrid.

Mon prochain récit, ça sera la saga de Gaston l'autobus et du lion du barrage de la Gileppe, ils vont avoir des misères que c'est pas possible, mais ça finira sur les deux qui s'embrassent sur fond de coucher de soleil sur la mer du Nord à la place M'as-tu-vu du Zoute. Une belle histoire qui va faire un tabac, tu vas voir, et ça sera pas du Pleur de Voisin.

Avec tout ça, on n'avance pas dans l'enquête, hein ? C'est très joli, un Jankée enkrieké et deux tourtereaux lutteurs de foire, mais il n'empêche que Tichke et l'enginieur sont morts et décédés, et que c'est pas fini, moi je te le dis. Il va encore y avoir de la cartache pour tout le monde.

Et madame Gilberte qui vient nous nettoyer comme elle peut, la pauvre, qu'elle avait si facile, avant, et que maintenant elle doit faire des kilomètres pedibus pour nous voir toutes. C'est pas malheureux, ça ? Toujours, toujours des rouspéteurs et des inventeurs de ruses qui savent tout mieux que les autres !

C'est comme aux heures de pointe : je

passe une station car tu sais plus pousser un petit pois dans mes wagons, et tout de suite il y a des emmerdeurs qui crient au scandale.

Ce que j'aime pas, c'est les médiseurs. (Moi je trouve ça comique que vous disez « diseurs » quand c'est pour dire la bonne aventure, et puis « disant » quand vous médisez, tu comprends ?) Il y en a des qui sont venus me dire que je fais tout le temps du coq à l'âne. Qu'est-ce que tu veux que je dis en bas de ça ? Je connais même pas une Cocalaan. Je sais pas savoir toutes les rues de Bruxelles, dis, je suis pas un chauffeur de taxi ! C'est déjà bon avec les noms de mes stations. Tu as déjà vu tout ce qu'ils inventent ? À ce qu'il paraît qu'à Paris, ils ont même une station qui s'appelle d'Enfer, tu vois le genre... Ça te donne vraiment envie de descendre là.

En tous cas, et entre nous, ça m'étonnerait que le bourgmestre de Bruxelles il accepte de baptiser une avenue d'un nom de limonade. Une Farolaan, une avenue de la Lambic, une Kriekstrotje, ça oué. Dans les quartiers fransquillons une drève du Pékèt, à la rigueur.

D'ailleurs, Cocalaan ou pas, cette avenue-là elle n'est pas sur ma ligne, ça, je te le garantis.

7. Tape ça dans tes bottes, fieu[1] (Bon appétit, monsieur)

Dès son arrivée au dépôt, Carmel sent que quelque chose s'est passé. Dans un premier temps, il redoute un nouveau cadavre, mais rejette immédiatement l'idée. Pas possible, on aurait averti la police en priorité. C'est Bertrand Dughesclain qui apprend de Lowie les tribulations de l'Amerloque à Bruxelles.

— Tu vas pas me dire que Léon a arrosé ce coboille ? s'inquiète le policier.

— Deux fois, réplique Lowie, fier comme un paon. Six litres de kriek à travers son plastron ! Qu'est-ce que tu dis en bas de ça ? C'est du travail bien fait, hein ? Trois litres comme apéritif de la part du grand Senne et puis trois litres en chanson de la part de Léon. Deux gallons, comme ils disent. Arrosons c'est bon pour les chicons ! Tu aurais dû voir sa balle, au Ricain, tu aurais juré voir un clebs qui est tombé dans le canal un jour qu'on a vidé les fonds de cuve de lambic dedans.

Carmel se dirige immédiatement vers le chef de dépôt. Jacques-Lionel est écroulé sur la dernière marche de l'escalier. Il est au bord des larmes, et on l'entend grommeler doucement :

— C'est la fin. Après un coup pareil, je suis au moins viré. Ce qui me console, c'est que le projet va capoter et qu'ils seront tous au chômage. Bruxelles sans métro, les habitants insurgés, la révolution...

---

[1] Sloegt dat in a botte, man

— Holà, holà, camarade, intervient Carmel. Tu vas vite en besogne, toi. On va tout simplement arrêter le coupable, que je connais déjà, et on verra avec l'Américain qu'est-ce qu'on lui fait payer comme indemnité. Un point c'est tout. Et *mister* je sais pas comment n'a qu'à s'en contenter. On a des lois, en Belgique, on n'est pas à Chique à Gogo, ici.

Rasséréné, Jacques-Lionel se redresse, regarde le commissaire de ses yeux de chien battu, et bêle :

— Il me reste de la clairette, vous en voulez un verre, monsieur le commissaire ?

Pendant que de nouvelles libations reprennent dans le bureau du chef, les langues vont bon train parmi le personnel. Les uns manifestent leur joie de voir ce prétentieux d'Outre-Atlantique se faire remettre à sa place d'importance, d'autres estiment qu'un seau de cambouis final n'aurait pas été superfétatoire, d'autres enfin redoutent les suites de cette intervention. Comment la haute direction va-t-elle prendre la chose ? Car, enfin, ce type venait ici pour nous apporter un appui financier non négligeable, et voilà qu'on a mis une fin brutale à cette belle volonté de coopération au développement.

Et le ministre de tutelle, il allait être content, sans doute ? Un tas d'explications plus vaseuses les unes que les autres auprès des instances diplomatiques, des promesses de lourdes sanctions, peut-être une extradition vers les pénitenciers étasuniens, de si mauvaise réputation, ces temps derniers... un avenir catastrophique s'ouvrait à Léon Dingault.

— Tu crois qu'on va l'envoyer à Grand Alamo? chuchote Jef Matras à l'oreille de Saïd.

— Guantanamo ? T'es fou ! Là-bas, on n'envoie que des bronzés comme moi, mon vieux. Avec ses yeux bleus et ses cheveux blondasses, Léon n'a aucune chance.

— Maintenant qu'ils ont un président bronzé, ça va peut-être changer. Tu vois qu'à partir de demain, c'est les Blancs qu'on y envoie ! Ça serait farce, non ?

— Pas pour Léon, en tous cas. Arrête de déconner comme ça, Jef, tu as encore bu, ou quoi ?

Jef regarde tristement vers la fenêtre du bureau, là-haut, où il sait que le chef et le commissaire sont en train de vider un godet.

— Pas encore, mais j'aimerais bien. J'ai un petit peu soif, à voir toute cette kriek gaspillée.

Jules Hucamus, le nouvel ingénieur, s'est approché. Lui non plus n'a pas été convié aux libations. Il ne regrette rien : la clairette n'a jamais été son breuvage de prédilection. Les deux autres baissent le ton, ils se méfient un peu. Pensez, un enginieur, et nouveau, de surcroît, ça doit plutôt frayer avec les chefs. Il a des oreilles grandes comme des feuilles de chou pour mieux écouter ce que les petits racontent, et aller le rapporter en haut lieu. Racusette et compagnie, voilà ce que c'est.

— Ce n'était pas ce qu'il y avait de mieux à faire, constate l'ingénieur. Je ne suis pas sûr que la direction va apprécier ce genre de manifestation. Si ce type est venu ici, c'est qu'on l'a invité. Qu'on a sans doute besoin de lui. Vous jouez avec votre avenir, les gars.

— De quoi je me mêle ? râle Jef Matras. Le métro de Bruxelles, c'est belge, et rien d'autre. On n'a pas besoin que des étrangers viennent fourrer leur nez là-dedans.

— Mais ils fourrent leur nez partout, réplique Saïd. Ils arrivent avec leur poches pleines de dollars, et ils achètent tout.

L'ingénieur opine et surenchérit, pour bien leur montrer que ce geste inconsidéré va leur coûter cher :

— En plus, ils n'apprécient pas du tout notre humour. Sorti de la tarte à la crème sur la figure de Laurel, ils ne savent pas rire. Et en matière de bière, je ne crois qu'il va pas aimer la kriek.

— Y n'a qu'à ! décrète Jef, péremptoire. Tu as entendu le commissaire, hein, c'est pas Dallas, ici. Jr Lemming pouvait rester au Texas avec son chapeau ridicule. Et c'est bien fait pour sa gueule qu'il a été baptisé à la bruxelloise.

Le personnel est demeuré rassemblé, dans l'espoir d'entendre des nouvelles des deux cadavres. Sans doute le commissaire en savait-il plus maintenant. Le mot crime roule parmi eux, et d'aucuns ne doutent pas qu'un règlement de compte a eu lieu ici. La manière dont les journalistes avaient interrogé les témoins, dont certains d'entre eux avaient fouiné autour des rames, en quête d'indices, porte à croire que les deux hommes ont été assassinés. Les conversations vont bon train sur le *modus operandi*, sur la véritable identité des victimes, sur les armes utilisées. Chacun a son idée, et veut l'exprimer. Deux meurtres identiques, au même endroit, c'est le début d'une série. Et les questions surgissent, inévitables : va-t-il y en avoir d'autres ? Qui sera le prochain ?

L'idée d'un tueur en série a également effleuré le raisonnement du commissaire, qui en discute justement avec le chef de dépôt. Vidant le fond de son verre de clairette, il clape la langue et demande :

— Y avait-il un lien entre les deux victimes ? Parents ? Amis intimes ? Ils avaient une activité spéciale, dans la firme ? Ces castars devaient quand même bien avoir quelque chose en commun.

— Pas à ma connaissance, monsieur le commissaire. Mis à part, bien sûr, le fait qu'ils étaient tous les deux employés ici. Léonard Deshonelles était un excellent ingénieur, expérimenté et rigoureux ; il était sans doute un peu limité en informatique, mais pour cela, nous étions sur le point de reprendre notre ingénieur intérimaire de l'année dernière. C'est lui qui avait imaginé un logiciel unique de contrôle et de gestion, qui nous aurait permis, à terme, de disposer de rames autonomes, sans conducteur. À l'époque, on avait ralenti cette évolution, mais elle reprend de plus belle aujourd'hui. C'est lui que vous avez vu il y a quelques instants.

— Moi j'ai pas encore vu un enginieur ici.

— C'est son premier jour.

— Donc il a sûrement rien à voir avec les cadavres. Mais on m'a dit aussi que l'enkriekeur est venu chez vous.

Jacques-Lionel ne peut réprimer un sanglot long comme un violon de l'automne. Carmel lui tisonne la plaie comme avec sadisme :

— Qu'est-ce qu'il s'est passé ? Il a baptisé quelqu'un ?

Les larmes de la honte badigeonnent le beau visage catastrophé du chef de dépôt. Il se sait, se voit déjà voué à la déchéance à vie. On le considérera comme un complice de cette machination. Certains *tabloïds* iront même jusqu'à dire que c'est lui qui a enkrieké ! Quelle déchéance. Plus jamais il ne pourra se poser sa candidature à un poste de responsabilité. Il va traîner cette flétrissure toute sa vie.

— Je vous jure que je n'étais au courant de rien, monsieur le commissaire. Ils ont tout manigancé à mon insu. Il s'agissait d'un visiteur important...

— Ça je veux bien croire, coupe Carmel.
Pour une insulte, c'est pas une petite. Mais ne
vous en faites pas, je vais régler cette affaire avec
l'Américain et Léon Dingault.

— À mon insu, commissaire, pas une
insulte. Je voulais dire que je ne savais pas ce qui
se tramait.

— Pourtant vous travaillez au tram, non ?
Et vous savez pas ce qui se trame ? Vous êtes un
drôle de *pouchenel*, vous.

Jacques-Lionel renonce à expliciter son
vocabulaire qui semble voler par-dessus la tête de
ce policier bourru.

— L'enkriekage n'a rien à voir avec les
deux meurtres, continue Carmel. Un *djoum-
djoum* comme Léon ne va pas tremper dans des
crimes, ça j'en suis certain. Donc ce problème-là
est résolu. Et l'autre, là, le vigile, quel genre de
type c'était ? On m'a dit qu'il était pensionné, et
qu'il arrondissait ses fins de mois en faisant des
rondes dans le dépôt pendant la nuit. C'est tout ?
Rien de plus à dire ?

— C'était un être insignifiant, ancien
receveur sur les trams. Nous lui avons proposé ce
petit emploi afin de lui prodiguer une occupation
après sa retraite.

Il vient de se rendre compte qu'une fois
de plus, il utilise des mots incompréhensibles par
le commissaire :

— Je veux dire...

— Oué ça va, rétorque Carmel. J'ai

compris. Mais alors, pourquoi ces deux-là, puisqu'ils n'avaient rien en commun ? Pourquoi exactement de la même façon, au même endroit, avec la même arme, semble-t-il, et à la même heure, à un jour d'intervalle ? Pour moi, ça sent le crime en série. C'est les plus difficiles. Un tueur en série, ça s'obstine plus sur son décor que sur ses personnages. La victime, il s'en fout.

— Oui mais, tente timidement Jacques-Lionel, ses victimes se ressemblent, ou du moins, sont choisies d'après des critères pré-établis.

— Eh bien ? Celui-ci choisit des traminots. C'est pas plus bête qu'autre chose, hein ? Je suis certain que c'est un employé de la maison. Il connaît les lieux, il a d'abord éliminé le vigile pour être tranquille pour son crime suivant.

— Comment aurait-il pu savoir que l'ingénieur allait inspecter les rames la nuit-même ?

— Il vous a entendu le dire. Souvenez-vous, je vous ai demandé une inspection technique, et vous m'avez dit, textuel : « Je demande à l'ingénieur de tout vérifier dès ce soir » ; ça se trouve à la fin du premier chapitre, tu peux aller voir. Si c'est un membre du personnel, il vous a entendu, et il a décidé de frapper directement. C'est clair comme un et un ça fait deux. En plus, pour trouver un grand étau puis le nettoyer et le remettre à sa place, il faut savoir où tout se trouve. Moi, je vous dis que c'est un employé. Mais il n'a pas pu faire ça tout seul.

Soulever un bazar pareil, il faut au moins être à quatre.

Le chef de dépôt se perd à son tour dans les explications du commissaire. Il lui parle d'un étau gigantesque, manié par plusieurs hommes, mais il n'y a pas d'étau de cette taille dans l'atelier. Que ferait-on d'un engin pareil ? Et où a -t-il été puiser cette information ?

La porte du bureau s'ouvre à la volée et c'est un François essoufflé qui se précipite vers Carmel :

— Désolé, patron. Voici le portable de l'ingénieur. J'avais complètement...

— On verra ça à la maison, coupe Carmel sèchement.

Il enfouit le portable dans sa poche.

— Bien, on va rentrer, et régler cette affaire Léon Dingault en premier lieu. Vous, monsieur le chef de dépôt, vous allez remettre votre petit monde au travail, mais attention, hein, prudence générale. On a échappé cette nuit à un troisième meurtre, mais il se peut que notre tueur frappe ce soir. Je laisse toujours deux bonshommes dans le dépôt et deux voitures de ronde dans les parages.

Au bas de l'escalier, lorsqu'ils sont seuls, Carmel se retourne vers son stagiaire :

— Tu as juste fini ton service de nuit que tu vas déjà courir dans les jupes de ma fille, tu ne manques pas de santé, toi ! Monsieur me raconte sans y toucher qu'Arlette est venue au commissariat, qu'elle me remet son bonjour, et le lendemain matin, quand je lui téléphone, il est déjà en caleçon dans son canapé. Tu sais expliquer ça ? Tut, tut, tais-toi quand je parle ! Tu vas tout de même pas me dire que tu la connais depuis hier ? Tais-toi, je te dis ! Et vous allez vous marier dans quinze jours, sans doute, pour régulariser la situation ? Eh bien, qu'est-ce que tu dis en bas de ça ? Tu réponds, ou quoi ?

François n'a pas le temps de répondre. Un homme s'est approché d'eux, et s'adresse au commissaire.

— Excusez-moi...

Le visage de Carmel vire au rouge grenat :

— Mais je vous connais, vous. C'est vous le loufoque qui accusait ma fille dans le parc ! Ça c'est le comble. Heureusement que je sais que Philippe Quinquonge est à la prison de Forest, sinon je croirais que c'est une réunion des amoureux de ma fille, ici. Qu'est-ce que tu fous dans ce dépôt, toi ?

Un peu douché par cet accueil véhément, Jules évite de s'éterniser sur l'épisode Arlette, qui représente pour lui un moment douloureux de sa vie.

(*Tu le sais aussi, toi, si tu as lu C'est le brol aux Marolles.*)

Il s'agit d'un bref et pugilistique épisode dont il a été victime, mais qu'il préfère opacifier d'un voile d'amnésie lénifiante. En un mot, c'est le genre de situation qu'on s'efforce d'oublier au plus vite et de passer à autre chose de plus gai.

— Je suis le nouvel ingénieur, se présente-t-il. J'ai assisté à l'agression de notre invité. Je suis à même de vous décrire l'auteur des faits.

— C'est pas la peine, rétorque Carmel, je le connais. Comme on dit dans les journaux, l'individu est bien connu des services de police. Tu vois qu'on est pas si idiots qu'on dit qu'on en a l'air. Ça, c'est l'inspecteur stagiaire François. Il aime bien ma fille, aussi. Et si j'étais elle, j'en choisirais quand même un de la police, plutôt qu'un vagabond qui traîne dans les rues en slip. Celui-ci, au moins, il a attendu d'être à l'intérieur pour enlever son pantalon.

— Permettez, commissaire. J'avais été détroussé par votre fille et son bandit de mari, souvenez-vous. Vous avez arrêté cet individu. Je n'ai été que la victime d'une agression...

— Holà, holà ! C'était pas son mari. Elle était juste collée avec. Tu vas quand même pas croire que j'allais mettre Arlette au bloc, dis ? C'est une gentille fille qui s'est laissée entraîner par un saligot. L'agression, c'est lui, tu sais, Arlette, c'est une bonne petite facilement influencée par des batailleurs qui sont toujours prêts pour emmerder les braves gens.

— Il n'empêche que c'est elle qui l'encourageait à me taper dessus. *J'aime bien quand ça saigne*, qu'elle disait.

Le stagiaire François suit cette conversation avec beaucoup d'intérêt. Ce qu'il apprend sur la dame de ses pensées le pousse à reconsidérer son enthousiasme et sa flamme. Il n'est pas loin de penser que l'ingénieur a raison ; cette fille est un canon, mais aux deux sens du terme. Une adepte des sports martiaux ne doit pas être facile à manœuvrer dans la vie courante.

— Si c'est pour venir déblatérer sur ma fille que tu es venu, tu peux repartir, le mal est fait, rogne Carmel avec un regard en biais vers son stagiaire.

— Je voulais seulement vous signaler que j'avais vu l'auteur de l'agression et que je pouvais témoigner, balbutie Jules. Je suis un honnête citoyen, pourquoi la police m'en veut-elle tant ?

— Parce que tu as une tête à claques, et que je ne sais pas ce qui me retient de t'en mettre une dizaine, lui hurle le commissaire en pleine face. Dughesclain ! Tu veux reconduire monsieur à la grille avant que je fasse une bavure ? Ce *deugeniet* commence à m'échauffer les artères.

L'inspecteur fraîchement promu Bertrand Dughesclain s'approche, saisit le bras de Jules, le tord puissamment vers l'arrière, et sans un regard pour la grimace de l'appréhendé, le conduit militairement vers la grille de la cour.

— Tu lui fous la paix ou il va péter une durite, lui dit-il en l'expédiant sur la chaussée.

Carmel, l'esprit radicalement ébranlé par cette suite d'évènements, se cherche une contenance. Il est là pour une double découverte de cadavres, et pour une agression à la kriek sur un ressortissant américain. Décidément, cette clairette est plutôt opaque, elle lui embrume l'esprit. Ce que c'est, de déroger à ses habitudes : il aurait bu les litres de lambic versés sur les pavés de la cour, au lieu de ces deux petits verres de mousseux, il serait encore lucide. Avisant Bertrand qui revient vers lui, il lui intime l'ordre de lui amener d'urgence une bouteille de Chimay bleue pour faire passer le goût bizarre qu'il a dans la bouche.

— Capsule bleue, hein, Bertrand. T'occupe pas du reste, je l'ouvre ici et je la bois au goulot. Pour moi, c'est meilleur que du paracétamol.

Se tournant alors vers François, il revient à l'enquête.

— Tu as le cellulaire de cet ingénieur ? Eh bien vois qui il a appelé, et qui l'a appelé avant d'être écrabouillé.

— Excuse, commissaire, c'est vous qui... fait Susse en désignant la poche de Carmel.

Bougon, il sort le portable et le rend à son stagiaire, qui s'empresse d'appuyer sur le bouton appel, active le haut-parleur de l'engin, et après quelques sonneries, une voix déclame :

— Arrosons, arrosons, c'est bon pour les chicons. Bonjour, c'est Léon. Laisse-moi ton message ou vas te faire enkrieker.

François coupe la communication.

— Il a appelé Léon Dingault, confirme Carmel. Vérifie si ce crétin l'a rappelé, et ce qu'il a dit. Parce que ça pourrait être important. Deux jours après ce coup de fil, on retrouve cet énergumène sur les lieux pour agresser un Amerloque. C'est intéressant. Mais je ne vois pas Léon avec un étau de plusieurs tonnes, occupé à écraser la tête de Tichke ou de qui que ce soit. Qu'est-ce que c'est que cette marmelade ? Tu y comprends quelque chose, toi ?

— Vous savez, commissaire, moi, je ne suis que stagiaire.

— Oué, tu préfères faire du genre en caleçon sur le divan de ma fille, que de résoudre des enquêtes. Je te comprends, mon garçon, j'étais comme toi il y a quelques années. Mais tu ne dois quand même pas oublier que tu as un boulot, et c'est pas un facile, ce boulot. Ça te prend énormément de temps. Elle le sait, Arlette, que je n'étais pas souvent à la maison, pour lui donner à manger, changer ses couches, c'est juste si parfois, je trouvais une demi-heure pour lire une histoire dans un livre, pour jouer au *Cluedo* ou pour chanter une petite chanson. Alors si elle a un mari qui est dans la police, ça ne la changera pas. C'est quand même mieux qu'un zouave qui reste toute la journée à la maison à regarder de la lutte à la télévision, ou dans un club où les types passent leur temps à se taper sur la gueule...

François est sur le point de lui dire que c'est exactement ce que fait sa fille, mais il se retient. Pas la peine d'en remettre une couche.

— Tu vois, Susse, moi, j'ai toujours rêvé

que ma fille épouse un inspecteur plein d'avenir, qu'elle me donne des petits-enfants...

— Mais vous en avez déjà un, coupe François.

— Dempsey ? Déjà son prénom, c'est un programme de salle de boxe ! J'avais cru que c'était le fils de Philippe, cet espèce de catcheur qu'elle a fréquenté pendant tout un temps. Elle vivait avec, et il avait l'air d'aimer le gosse. Eh bien non ! C'est le fils d'encore un autre. D'un qui jouait à la guitare électrique comme un bûcheron joue avec sa hache. Mais elle disait qu'elle aimait ça, ma petite Arlette. Tu te rends compte ? Je te raconte tout ça pour que tu comprennes bien ; c'est pas une sainte, ma fille, ça non. Ça n'a pas été facile pour elle, ni pour moi, d'ailleurs, quand sa mère a *joué schampavee* avec le chef de cabinet du ministre Truc, je sais plus comment, enfin un libéral, ça je me souviens. Justement elle disait qu'il était plus souvent à la maison que moi. Tu parles, un *peï* dans la politique, qu'est-ce que tu veux qu'il fasse des heures supplémentaires sur son bureau ? Il a déjà rien à foutre en temps normal.

Brusquement, Carmel se ressaisit en voyant revenir Dughesclain chargé d'un carton de six bouteilles de bière.

— Ils ne la vendent que comme ça, s'excuse l'inspecteur. Mais si il y en a trop on veut bien t'aider, pas vrai, Susse ? Attends, Guy, je vais te l'ouvrir.

Il présente le bord d'une capsule contre

l'arête du muret et frappe du talon de la main sur le dessus de la bouteille. Une belle mousse jaillit, qu'il présente à son supérieur.

— À la bonne tienne, commissaire.

— Allez-y, les gars, servez-vous, intime l'interpellé. C'est ma tournée.

En quelques minutes, le sol est jonché de six capsules bleues, et la poubelle extérieure, de cinq bouteilles de Chimay vides.

— Maintenant on passe aux choses sérieuses, dit Carmel, sa dernière bouteille à la main. Toute cette histoire commence à ressembler à Jack l'Éventreur. On exclut Léon, qui n'a rien à voir. Lui, on le verbalise pour faire plaisir au Ricain, et c'est tout. Mais les deux cadavres, c'est du sérieux. Les indices dont on dispose sont nuls. Rien d'exploitable. C'est comme si ces deux cocos se sont tués tout seuls. Pas de traces sur les lieux, sauf les godasses de madame Gilberte et le déjeuner de Susse, c'est à dire plus de pollution qu'autre chose. Pas de suspect, pas de mobile. Une arme du crime décrite par le légiste comme un étau de plusieurs tonnes qui aurait écrasé des têtes, et qu'on n'a pas retrouvé. Qu'est-ce que vous dites en bas de ça ?

Il marque un temps d'arrêt, dépose sa bouteille sur le muret, cherche dans sa poche un paquet de tabac et un carnet de feuilles, et s'en roule une posément, attendant les commentaires de ses adjoints. Lorsqu'il allume sa cigarette, il les regarde et constate :

— Pas grand-chose à en dire, hein ?

D'une longue expiration, il envoie vers le ciel un grand nuage de Pleur de Voisin, puis doit se résoudre à poursuivre :

— Depuis vingt-quatre heures, il ne s'est rien passé. Pas de nouveau cadavre, rien. Je ne sais pas ce qu'on va pouvoir faire. Si on n'a pas de fait nouveau à se mettre sous la dent, on va devoir classer. J'aime pas ça, je vous le dis. Mais qu'est-ce que tu veux faire sans indice ? On est bien obligés d'attendre que le tueur continue sa série.

L'inspecteur Laplante arrive en courant du dépôt. Au centre de la cour, il fait une grande enjambée pour éviter l'aiguillage préféré de madame Gilberte, et se précipite vers Carmel.

— Commissaire ! Le chef de dépôt vient de recevoir un appel interne, on a retrouvé un cadavre sur une des voies. Il s'agirait de Clotaire Snotvinck, un de ses employés.

— *Nè*, éructe Carmel en lui fourrant dans les mains la dernière bouteille de Chimay vide. *Tape ça dans tes bottes, fieu* !

8. Le petit chauve avec une slache[1] trouée (film connu)

Dans le tunnel menant aux lignes, il y a un attroupement de traminots à la figure blême, un mouchoir déjà maculé sur la bouche. L'air est imprégné d'une odeur âcre de vomi. On entend encore les feulements des retardataires, qui arrosent la paroi comme s'ils étaient au concours. C'est dégueulasse, mais ils ne peuvent pas s'empêcher de regarder les rails

À son arrivée, Carmel fait évacuer. Inutile de chercher des indices, les lieux du crime sont pollués à souhait. Goreil va en avoir pour des années, à dépêtrer les bols alimentaires divers qu'on va recueillir ici.

Dans la fosse à côté du quai, sur les rails couverts de sang, une nouvelle victime. La tête écrasée.

— Même modus operandi, constate Bertrand à ses côtés. Évidemment personne n'a rien vu, lance-t-il à la ronde.

Ceux qui n'ont momentanément pas de souci gastrique font un signe de dénégation, car ils ne sont pas encore en état de parler.

— Ce qui m'interpelle, dit Carmel, songeur, c'est qu'il n'a pas la même tenue que les autres.

— Et puis c'est pas le même endroit, ajoute Bertrand.

— Regarde, il porte des vêtements de ville

1-pantoufle

et des pantoufles...

— Drôlement usées, quand même, les *slaches,* il y a un trou dans la semelle gauche !

Le commissaire descend sur les rails, en prenant garde à ne pas marcher dans le sang. Il prend appui sur l'avant de la rame stationnée à proximité du corps.

— Ça doit être un employé des bureaux, car il n'a ni uniforme, ni salopette. À voir sa tenue, c'est pas non plus un col blanc. Quelqu'un sait qui c'est ?

Saïd, qui a découvert le corps et donc possède une avance non négligeable sur ses confrères vomisseurs, parvient à articuler :

— C'est un gars de la logistique. Un ancien receveur. Presque pensionné. Il travaille pas dans les bureaux, mais au magasin de pièces. Il faut dire qu'il n'en tape plus très lourd. Il aime bien se promener au dépôt pour regarder les rames. Soi-disant qu'il inspecte pour voir les pièces qu'il faut commander. Mais c'est du vent, ça ; il discute avec madame Gilberte, et puis il va boire un coup avec Lowie, dans sa cahute. Ça lui fait passer son temps.

— Et on le retrouve ici, dans le tunnel, où il n'a rien à faire. C'est étrange.

— Pas tant que ça, commissaire, intervient Bertrand. C'est le chef qui a interdit de mettre les rames dans le dépôt pour éviter que tu bloques de nouveau tout le réseau. Comme il n'y avait plus de rames dans le dépôt, ce pauvre type est venu les voir ici.

— Il faut dire qu'il regrettait le temps où il était receveur sur le tram, intervient Saïd. Il aimait bien aller voir comment ça se passe dans les nouvelles motrices, comme il les appelait.

— Ce que c'est quand même, la nostalgie, hein Bertrand, dit Carmel d'un ton bourru. Ça vous tue un homme. J'espère qu'on peut fumer ici, car je vais m'en rouler une là-dessus.

Tout en confectionnant une cigarette, il inspecte les lieux autour du corps. Ce n'est que lorsqu'il a allumé la feuille qui fait une superbe et éphémère flamme jaune et bleue, qu'il se penche, jette un coup d'œil sous la rame.

— Mais nom de dieu il est plus sur ses rails, ce train ! Appelle le chef de dépôt, Bertrand, c'est louche, ça.

Il continue son inspection pendant que son subordonné se hâte vers les bureaux. Les roues de la rame ont quitté les rails, mais on n'aperçoit aucune trace de frottement sur le ballast. Comme si la motrice avait *fait un pas de côté.* Impossible. Le traminot se penche lui aussi, pour constater le déraillement. C'est vrai que ça paraît impossible : un convoi ne déraille pas sur place. Il quitte les rails et roule encore, laissant des marques profondes dans le ballast. Même dans un accident d'aiguillage ça n'arrive pas.

— C'est comme si on l'avait soulevée et reposée à côté des rails, constate Saïd.

Les autres, retrouvant leur aplomb grâce à

cette découverte, s'approchent aussi du bord du quai.

— Vous allez foutre le camp, tous, oui ? s'écrie le commissaire. C'est toi qui a trouvé le cadavre ? Tu t'appelles comment ?

— Saïd, monsieur, Saïd Idallal. Je conduis une rame, là-bas. Je suis déjà en retard.

— Ça, en retard, tu vas l'être, fieu. Tu restes ici avec moi. Les autres, vous filez. Et que quelqu'un trouve un remplaçant pour monsieur Saïd, car ça risque de durer un peu, notre entrevue.

Le quai se vide rapidement, laissant un Saïd éberlué devant ce spectacle qu'il ne parvient toujours pas à encaisser.

— À mon avis, il faut une grue pour sortir une machine pareille de ses rails, dit Carmel en levant les yeux vers le plafond situé à peine à quatre mètres du niveau du quai.

— Oui, monsieur. Et ici, c'est impossible. Trop étroit, trop bas de plafond. Puis c'était plein de rames, l'une derrière l'autre. Moi, je devais sortir la BOA tout au fond, et puis les autres me suivaient. Ici, on a enlevé une U5 et une BOA par l'autre côté pour l'exposition dans le dépôt. C'est quand l'Américain est venu en visite.

— Donc, il y avait une autre rame là, de l'autre côté du cadavre ?

— Oui, monsieur, la U5.

Carmel se hisse sur le quai, reprenant appui sur la rame, non sans avoir constaté que l'avant de celle-ci est couvert de sang.

— Mais alors il doit y avoir du sang sur cette U5 aussi, *potverdekke*, et personne n'a rien remarqué ? Toi, tu restes ici et tu bouges à rien. Et tu empêches quelqu'un d'approcher. Ordre formel et militaire.

Il se dirige vers le dépôt, droit vers la rame d'exposition, dans laquelle il reconnaît immédiatement Roza.

— Ça tombe bien que c'est toi, dit Carmel, tu vas tout me raconter.

Jacques-Lionel, qui descendait l'escalier métallique, se fige, stupéfait. Un commissaire de police qui se propose d'interroger une U5, il n'y croit pas. Si c'est avec des zoulous pareils qu'il faut espérer résoudre cette enquête ! Et voilà qu'en plus, il réquisitionne le conducteur de la rame de tête. Comme semeur d'embrouilles, c'est un champion. Il faut en premier lieu désigner un nouveau conducteur, dégager le tunnel au maximum, afin de remettre le trafic en état. Du moins, tant que faire se peut.

— Et ne touchez pas à la rame à côté du cadavre, lui crie Carmel. Bertrand, tu rejoins monsieur Saïd sur place et tu veilles à ce qu'il reste là. Pas touche aux indices. Moi, je fais mes constatations et je reviens chez vous.

Il a longé les wagons de Roza, jusqu'à l'extrémité. Là, il constate que le flanc arrière est maculé de sang.

— Et personne n'a vu ça ? Il y avait cinquante types ici et ils sont tous aveugles ? Vous me prenez pour qui ? Allez, tout le monde au poste. Embarquement et interrogatoire général. Vous allez voir comme je les soigne, moi, les aveugles ! Ils deviennent loquaces comme des pies.

Jacques-Lionel, désespéré, se jette vers lui :

— Commissaire, commissaire, je vous en prie ! Avant-hier, vous me bloquez mes rames, vous récidivez hier, et aujourd'hui, c'est mon personnel. Comment voulez-vous que j'assure un service public dans pareilles conditions ?

— Va demander ça aux trois victimes, et aux prochaines, si tu ne me laisses pas faire mon travail, répond Carmel. Tu as justement un refroidi avec une slache trouée qui t'attend avec sa tête en kip-*kap* sur les rails. Je crois pas que ça lui plairait qu'on s'occupe pas de lui.

Il va retrouver Bertrand et Saïd auprès du cadavre de Clothaire Snotvinck, ci-devant employé à la logistique. Les deux hommes se sont écartés du pénible spectacle, et fument en devisant :

— Ils ont encore pris une fameuse *rammeling* dimanche à Bruges, commente Bertrand. Ils vont encore une fois se laisser prendre le titre par le club, tu sais. Moi, je vais plus au stade ; c'est que de l'arnaque, tout ça. J'ai... Ah, commissaire, te voilà. On s'est un peu retiré car Saïd avait des haut-les-cœurs à cause de la tête de Clothaire. Il faut dire que quand on connaît les gens, c'est pas facile de les regarder comme ça. Il a encore dû remettre. Il arrive, Goreil, qu'on peut s'en aller ?

Saïd opine fébrilement. Plus vite il mettra de la distance entre cette boucherie et lui, mieux il se portera.

— J'ai encore deux ou trois choses à voir, dit Carmel en redescendant sur les rails. Il y a du sang sur l'autre rame, qui se trouvait là. Exactement comme sur celle-ci. On dirait que le type a été écrasé entre les deux.

— Mais qu'est-ce qu'il foutait sur les rails ? Il n'avait rien à faire là. Il aimait bien regarder les rames, bon, mais pour ça c'est pas nécessaire de descendre sur la voie. On voit même mieux d'ici, non ?

— Premier point. Le deuxième point, c'est que si elle a bougé, cette rame-ci aurait dû laisser des traces, puisqu'elle est déraillée. Troisième point, pourquoi ce *peï* se trouve là sur ses *slaches*. Personne va quand même travailler avec ses pantoufles à ses pieds, si ?

— J'ai une explication, intervient Saïd. Clothaire mettait ses pantoufles en arrivant au bureau, à cause de ses cors aux pieds. Il les gardait quand il allait se promener dans le dépôt. D'ailleurs, le trou dans sa pantoufle gauche, c'est à cause de l'aiguillage de la cour. Il s'était pris le pied dedans.

— Et il gardait aussi ses *slaches* pour descendre sur les voies ?

— Je ne sais pas, monsieur. Nous, on ne descend pas sur la voie. Jamais. Sauf pour une urgence, mais c'est rarissime. Clothaire, ça fait quatre ans qu'il ne conduit plus et même, il conduisait pas car il était receveur. Et puis lui, il conduisait un tram, pas une rame.

— Tram, rame, ça rime et ça rame comme tartine et *boterham,* hein, Guy, ironise Bertrand.

— Oué, c'est ça, zwanze seulement. En attendant, on a trois filets américains dans notre assiette et on sait pas quoi ou qu'est-ce. Bon, un point résolu, pour les pantoufles. Alors, monsieur Saïd, une idée pourquoi cette rame est déraillée ?

— Aucune, commissaire. Enfin, je ne sais pas pourquoi elle n'est plus sur ses rails. Mais selon moi, Clothaire a dû s'en rendre compte, et il est descendu voir de plus près.

— Et *clette* ! il y a des types qui arrivent avec un étau de plusieurs tonnes, et qui lui éclatent la tête ! Et en partant, ils ont nettoyé l'étau, l'ont remis en place, et sont montés dans une rame qui passait par là pour déguerpir. Toi tu dois aller souvent voir des films avec Brute Gillis, *fieu,* pour inventer des zwanzes comme ça. Car les scientifiques, ils disent que ces gaillards se sont fait éclater la tête avec un étau qui doit peser drôlement lourd. Pour les premiers, c'était comme ça. Alors comme celui-ci ressemble aux deux autres, même *modus operandi,* hein, Bertrand ? c'est kif-kif, comme vous dites, vous autres. Qu'est-ce que tu dis en bas de ça ?

— Je voulais seulement expliquer la raison pour laquelle Clothaire est descendu sur la voie. Excusez-moi.

— Dis chef, s'interpose Bertrand, il y a un quatrième point : c'est toujours des hommes. Les victimes, les cadavers qu'on trouve, toujours des hommes.

— Nature, que c'est des hommes, *fieu*. Tu as déjà vu une femme qui descend sur les voies des trains ou des métros, toi ? Pas folles, tu sais. Si elles ont besoin de quelque chose, elles envoient un *peï* à leur place, *ara* !

— Oué, j'avais pas pensé à ça, dit Bertrand, penaud. Mais pour les autres, il faudrait peut-être se demander qu'est-ce qu'ils allaient chercher sur les rails. Pour le premier, il y avait son téléphone portable, pour le deuxième on n'a rien trouvé et le troisième il a vu une rame déraillée. C'est pas gras comme indices.

— Et si tous les trois avaient vu autre chose, et que les tueurs l'auraient emporté ? questionne Carmel en rallumant son mégot.

— Sa casquette. Il avait toujours une casquette sur la tête, car il était chauve, jubile Saïd. On ne voit plus sa casquette.

Bertrand est plié en deux :

— Le petit chauve avec une *slache* trouée ! Ça c'est une zwanze !

Après une nouvelle inspection des lieux, Carmel doit se rendre à l'évidence, la casquette a disparu.

— Je constate qu'on a conservé les bonnes vieilles habitudes de pollution des lieux de crime, s'exclame Goreil dans son dos. Et cette fois, ils s'y sont mis en bande ; même les murs sont aspergés. Tu parles d'une chance pour relever des indices intéressants. Tu sais, Guy, j'en ai un peu marre de trifouiller dans du vomi qui ne m'apporte rien. Si ça les dégoute à ce point, ils n'ont qu'à regarder ailleurs, et laisser ma scène de crime intacte.

Le chef du service scientifique, tout de blanc salopetté, dépose sa belle valise métallique avec précautions, cherchant un endroit un peu propre.

— Désolé mais ce ne sont pas mes hommes. D'ailleurs, Susse n'est pas encore venu ici. C'est les traminots qui ont arrosé. On peut comprendre, à voir leur camarade charcuté comme ça. Je te signale qu'il y a aussi du sang sur une rame qu'ils ont rentrée dans le dépôt ce matin. D'après ce qu'on m'a dit, elle se trouvait cette nuit à côté du cadaver, là. Bon, je te laisse, nous on retourne au commissariat pour mettre tout ça en musique. Regarde aussi pourquoi cette rame est déraillée, tant que tu y es. C'est louche.

Dès qu'il est seul avec ses adjoints, Goreil distribue les tâches. Des photos, un relevé minutieux des empreintes, et, à titre d'exercice, l'analyse exhaustive du contenu de ces bols alimentaires restitués, et probablement étrangers au crime.

Il descend sur les rails, inspecte le dessous de la rame, prend quelques clichés, puis s'intéresse au cadavre. Mêmes indices que pour les crimes précédents. La tête de la victime semble littéralement broyée, et Goreil sait déjà qu'on trouvera des résidus métalliques dans la plaie.

Rien de bien neuf, non plus, du côté de la scène de crime. Le bonhomme est descendu sur les rails, s'est trouvé entre deux rames, et *quelque chose* l'a frappé de chaque côté du crâne, lui écrasant les os. La tête a éclaté comme un fruit mûr.

Un étau gigantesque, ou le choc des deux rames, il pencherait plutôt pour la seconde hypothèse. Mais ce n'est pas son rôle, de chercher les moyens. Lui, il se contente de rassembler un maximum d'éléments permettant au commissaire de tirer les bonnes conclusions, et d'étayer si possible les éventuelles accusations.

— On ne trouve pas grand-chose, chef, dit un des assistants. Avec tout ce qu'ils ont vomi sur le quai, impossible de trouver un élément non pollué. Je peux m'occuper du sang sur la rame. C'est sûrement celui de la victime, mais on peut espérer.

Il descend aussi sur la voie, se penche vers l'arrière de la rame.

— C'est drôle, elle n'est plus sur les rails. On dirait qu'elle a sauté en l'air et qu'elle est retombée à côté ! Elle avait peut-être envie de danser à la corde, cette petite fille, hein, chef ?

Il fait une caresse sur la tôle de la rame, et, dégouté, ramène une main couverte d'un liquide infâme.

— Nom de Dieu, ils ont même dégueulé sur leur outil de travail, les porcs !

Goreil n'est pas d'humeur. Ce n'est pas qu'il soit claustrophobe, mais il commence à se sentir oppressé, dans ce tunnel. Vivement que le légiste s'amène et qu'il puisse retrouver l'ambiance feutrée de son labo. Alors les vannes de ses subordonnés, il s'en passe volontiers. Il remonte lui aussi sur le quai, prenant bien garde où il pose les doigts, et rappelle son monde.

— Il faut encore faire quelques clichés de la rame du dépôt, dit-il. Une des extrémités est couverte de sang, m'a dit le commissaire. Prenez-en un échantillon. Sans doute en pure perte, mais on ne sait jamais.

Son visage s'éclaire en voyant arriver Lamort.

— Hocus Pocus ! Voilà le plus beau ! J'ai un sujet intéressant ; le corps est intact, mais la tête ressemble à trois kilos de filet américain saignant. Ta ration quotidienne, comme qui dirait. Tu vas te régaler.

Le légiste acquiesce gravement, fait une moue dégoutée devant l'état du quai et des murs, puis se met au travail, tandis que Goreil et son équipe s'esbignent.

Ça est un peu comme dans un vaudeville, hein, la scène du tunnel ? Quand il en a un qui part, c'est un autre qui entre. Juste comme si c'était fait en exprès. Ils sont comme ça, dans la

police. Ils vont, ils viennent, et puis ils reviennent.
Comme cet enspicteur avec son imperméable et sa
banole cabossée, quand il part il a toujours une
autre question à poser.

    Quoi ? Je parle par mon nez ? Tu as déjà
vu une rame de métro avec un nez, toi ? Tu dois
aussi fumer un tabac qui n'est pas du Pleur de
Voisin, pour dire des carabistouilles pareilles. Je
parle par mon nez ! D'ailleurs j'écris, je parle pas.
Et puis c'est pas de ma faute si j'ai attrapé un
rhume, à rester dans ce courant d'air. Au dépôt, il
y a pas ça, mais ici, dans ce tunnel, tu peux pas
savoir comme ça tire. Le chef il s'en fout, lui,
qu'on soit malade. Ça compte pas, qu'il dit.
Même si on a deux cents et dix de fièvre, on doit
quand même y aller. Jef, Saïd et compagnie, ceux-
là c'est autre chose. Ils toussent une fois de travers,
ils appellent le médecin, et ils ont huit jours de
congé. Nous autres, les rames, c'est bernique !
Comme on n'a pas de syndicat pour nous
supporter, eh bien on est marron.

    C'est pas juste, hein ?

    J'ai bien envie de créer le syndicat des
rames, trams et bus. J'aurais du succès, tu sais. Tu
vas voir tous les engins roulants qui vont venir
s'inscrire. Trambusram, que j'appellerais ça. On
ferait des grèves, et on aurait des beaux sacs
poubelles rouges et verts pour se mettre sur le
poste de pilotage, et puis on irait manifester au
ministère. Jeter des œufs pourris sur la façade, et
tout ça. Dire qu'on doit aussi avoir des congés de

maladie, des congés payés, des chômages techniques, et tout ce brol. On est des travailleurs comme les autres. On bloquerait tous les carrefours de Bruxelles et tu verrais quelque chose. Avec juste une BOA enroulée dans la barrière de Saint Gilles, on fait déjà du dégât.

Mais je suis de nouveau occupée à zieverer et toi tu veux connaître la suite. Tu sais bien que je suis une brave rame parfois un peu chichiteuse quand je vois de drôles de choses, mais gentille quand même. Parfois, je râle un peu, surtout quand j'ai un rhume et que je vois des injustices, mais dès que tu coupes le gaz, je redescends aussi vite. Je suis comme ça, qu'est-ce que tu veux ?

Après un premier examen du côté pile de la victime, Lamort se dispose à la retourner, lorsqu'il aperçoit un coin de tissu écossais dépassant de son dos. Il soulève le corps avec précautions, et retire ce qui devait, à l'origine, être une casquette à pompon. Il est assez cocasse, ce morceau d'étoffe imbibé de sang, mais dont la visière est intacte. Lamort se dit que seules les tempes ont été atteintes, et le corps de la casquette mêlé à l'écrasement.

Rien de particulier sur le corps de la victime. Seule la tête a dégusté. Pour arriver à broyer les os de la boîte crânienne à ce point, il a fallu soit une violence extrême, mais peu vraisemblable si l'on considère qu'elle s'est opérée de deux côtés à la fois, soit une force surhumaine.

La théorie de l'étau lui semble compatible avec ses constatations, mais pas du tout avec la disposition de l'endroit où s'est produit l'incident.

Dépêtrer tout ça, c'est le boulot de Carmel.

Moi et Joséphine, on sait bien ce qui s'est passé. On était juste à côté, tu penses. D'ailleurs, on avait toutes les deux du sang de ce pauvre Clothaire sur nous.

Joséphine, ça est ma copine (oué, et Bécassine c'est ma cousine). Comme elle venait d'arriver car c'est une des nouvelles BOA, elle avait personne pour causer avec, alors on a un peu papoté. C'est vraiment une chouette rame, Joséphine. Elle était pas dans son assiette quand on l'a parquée à côté de moi, et j'avais mis ça sur le compte de l'émotion, comme quand tu fais ton premier jour dans un atelier que tu connais pas, et où tout le monde te regarde avec un œil de travers. Tu connais ça, quand même ? Je lui ai demandé comment ça va, crotje ? gentiment, un peu comme Mouma parle à son ket qui a quarante de fièvre et qu'elle a appelé le docteur car il sue beaucoup. Le ket, pas le docteur. Joséphine, elle m'a dit qu'elle avait froid et qu'elle bibberait. Juste comme le ket de Mouma. Il fallait faire venir le docteur, ça c'est certain, mais l'enginieur il était en congé définitif à l'institut médico-légal. Et Joséphine qui savait même plus dire Pap !

Je te vois venir avec ton durillon de comptoir : tu vas me demander pourquoi les rames elles ont toutes un nom de fille. Ça est simple, c'est toutes des filles. Quand une rame est un garçon, on enlève le "e" à la fin et on met un "t" à l'avant, et une flèche à l'arrière, comme ça, ça fait « tram ». Tu comprends ça ou je dois tout t'expliquer ? Il y a quand même une différence avec les gens, c'est que si on a des garçons et des filles, on sait pas faire des petits. Ils ont été tellement malins qu'ils nous ont mis loin les unes des autres. Comment tu veux froucheler avec un peï qui roule dix mètres au-dessus de toi, même si il a une grande flèche toute levée ? Moi, je crois qu'ils l'ont fait en exprès, mais je vais pas te raconter la vie sexuelle des rames de métro, quand même, potverdekke !

Tout ça pour te dire que quand on s'est retrouvées, nous deux Joséphine, dans ce couloir avec plein de courants d'air, elle était vraiment pas sur son sus et elle bibberait de nouveau comme une feuille d'horaire quand elle est détachée et qu'il y a du vent à la station Delta. Et alors ce pauvre Clothaire est arrivé pour sa tournée de nostalgie...

Eh là, non, hein ? Je vais pas déjà maintenant aller te raconter tout dans le détail, fieu, ça va pas ça. Tu peux regarder plein de types défiler comme le jour du 21 juillet ; ils disent leur petit mot et puis ils partent se cacher derrière une page, pour te regarder changer de figure, lécher ton doigt pour aller au verso, boire un coup à ton verre de gueuze, ou te gratter une oreille car tu comprends pas le brusseleir ; mais tu dois aller jusqu'au bout pour savoir le comment du pourquoi. C'est ça le suce panse. Et je te garantis que tu vas avoir une drôle de surprise quand Carmel va trouver l'explication, si un jour il y parvient. Mais tu peux compter sur lui pour ça, sinon il serait pas commissaire, enfin, je crois.

9. Pistus in lacte (Pistolet)

Le souci principal de Carmel, c'est qu'il n'a aucun suspect. Pas de base de travail. En arrivant au commissariat, escorté par toute la troupe d'inspecteurs, stagiaires, et autres témoins, il n'en mène pas large. Le voici avec trois cadavres sur les bras, et pas l'ombre d'un indice, pas même la plus infime idée de ce qui a pu se passer.

Dans son bureau, il a, comme tous les enquêteurs qu'il a vus dans les films, collé des vignettes sur le mur, avec le nom des victimes, dessiné un organigramme sur le tableau noir du fond. En attendant de pouvoir y ajouter des noms de suspects. La belle organisation policière, assistée par une pléthore de services scientifiques, n'avait réussi qu'à fournir trois patronymes qu'il aurait pu trouver sans aide, il suffisait de consulter la carte d'identité trouvée sur chaque cadavre. Décidément, la police coûtait cher au contribuable, pour des résultats médiocres. Autant s'aligner sur les routines du commissaire Turpin : jeu de solitaire sur l'ordinateur. C'est le Parquet qui va être heureux.

Sans parler du ministre de l'Intérieur, que les médias ne vont pas tarder à mettre sous pression. Voilà des lendemains pas très ragoûtants. Carmel aura tout le monde sur le dos, y compris les usagers du métro. C'est une perspective qui l'incite à l'humilité. Il est presque au bord des larmes lorsqu'il pense à ces litres de kriek versés, et dans lesquels il noierait bien sa détresse.

Les inspecteurs Laplante et Dughesclain, ainsi que le stagiaire François, sont littéralement suspendus à son recueillement. Il sait bien que pour eux, la vie se résume à suivre ses instructions, et à toucher leur chèque en fin de mois. Lui, il devra rendre des comptes à monsieur le commissaire divisionnaire, une espèce de planqué qui ne quitte son bureau que pour aller à la cafétéria ou pour rentrer chez lui. Ils se tutoient, Carmel et lui, s'appellent par leur prénom, mais le commissaire sent bien qu'ils n'ont pas gardé les poulets ensemble, et que monsieur Jean-Sébastien de Monballioux n'est pas du même monde. C'est vrai qu'il affiche avec sérénité son appartenance au parti dont, justement, le ministre de l'Intérieur est président. Heureuse coïncidence. Rien de tel que cirer quelques pompes pour se frayer un chemin dans l'Administration avec un A majuscule.

Carmel, lui, est devenu commissaire à l'arraché, en passant des examens, en étudiant la criminologie. Comme Cyrano, il n'est pas arrivé bien haut, mais tout seul ! Les pompes, il aurait tendance à cracher dessus, ou à envoyer les siennes dans des derrières en manque, plutôt que d'en lécher certaines opportunes. Le Cyrano de Bergerac de la police bruxelloise. Tout bien considéré, les comptes à rendre, il s'en fiche un peu, ce n'est pas ce qui l'empêchera de dormir cette nuit. Monsieur de Monballioux et ses politicards n'ont qu'à s'engueuler entre eux. Pour lui, c'est la résolution de l'affaire qui importe, la méthode, la recherche, le développement, pas la fin de l'enquête. Il veut atteindre un but, comme les autres, mais pour lui, c'est la manière d'y arriver qui prime. Il y mettrait trente-trois ans que ça lui serait égal. Bien sûr, comme tout le monde, il a ses moments de faiblesse, où une grande onde de solitude l'envahit et le morfond, mais très vite il se reprend, et poursuit sa route.

Il a un regard circulaire sur ses subordonnés, puis se fouille, les sourcils froncés :

— J'ai encore laissé mon tabac et mes feuilles sur le tableau de bord de la voiture, grogne-t-il. Susse, tu veux pas aller les chercher ? Peut-être que tu rencontreras une jolie fille sur le parking.

Il lui envoie un clin d'œil tellement appuyé que les autres ne manquent pas de sourire, connaissant l'anecdote avec Arlette. Pendant que Susse quitte le pièce, la mine renfrognée, Carmel s'adresse à Laplante :

— Toi, tu vas me chercher un café au distributeur. Un spécial Carmel, hein ?

Dès qu'ils sont seuls, il peut enfin poser à Bertrand la question qui lui brûle les lèvres :

— Qu'est-ce que tu penses de tout ce bazar ?

Avec un haussement d'épaules désinvolte, le nouvel inspecteur vient poser une fesse sur le bureau de son commissaire, renifle et dit :

— Moi, je crois qu'il faut se focaliser sur l'arme. Jusqu'ici, les explications qu'on a reçues sont carrément idiotes. Tu vois quelqu'un commettre un meurtre avec un étau de plusieurs tonnes ? Il faut s'appeler Goreil ou Lamort pour penser des âneries pareilles.

— Alors, ils ont été écrasés entre deux rames...

—On n'a trouvé aucun indice, Guy ! Pour cette version-là, il faut supposer qu'au moins trois hommes étaient sur place, un dans chaque rame pour l'actionner, et au grand minimum un troisième pour maintenir la victime. Tu l'as dit toi-même. Trois ou quatre hommes, ça laisse des traces, toujours. Surtout que dans le dernier cas, une des rames avait déraillé.

— Tu vois que c'est pas une bonne idée de commencer par l'arme, Bertrand. Ça ne nous mène nulle part.

— Tu commencerais par quoi, toi ? Tu as autre chose ? À part le fait que les trois victimes travaillaient au dépôt, et qu'elles ont été tuées au dépôt, on ne sait rien. Alors ?

— Tu crois que ça m'emballe, toutes ces *kloddene* ? Et tu vas voir que le légiste va venir dire exactement la même chose que les autres fois. On se demande pourquoi on le paie, si c'est pour raconter toujours la même *zieverdera* !

— Moi je reviens toujours à l'arme. Une fois qu'on aura trouvé ça, le reste va venir tout seul.

Entre-temps, Laplante est revenu avec un gobelet fumant, qu'il dépose devant le commissaire. Il va ensuite se mettre au garde-à-vous dans un coin. Carmel le regarde, puis trempe les lèvres dans son café.

— Juste comme je l'aime, dit-il. Tiens, va en chercher un pour toi et ramène une jatte pour Bertrand. C'est ma tournée, aujourd'hui.

— Mais, commissaire, Bertrand pourrait y aller...

— Non, non, j'aime mieux quand c'est toi. Lui, il fait du mauvais café. Allez, vas-y.

Laplante prend les pièces que lui tend le commissaire, et sort en se demandant s'il n'est pas devenu fou. Le café sort tout préparé du distributeur, et Laplante n'y est pour rien, pas plus que Dughesclain.

— Bon, dit Carmel, profitons qu'on est seuls pour continuer, le Susse va bientôt rappliquer.

Il sort de sa poche un paquet de Pleur de Voisin et un carnet de feuilles, et se met à s'en rouler une devant un Bertrand hilare.

— Tu les as envoyés au diable tous les deux pour me parler à moi ?

— Qu'est-ce que tu crois ? Un chef, fieu, ça doit rester un chef. Un qui sait tout, qui voit tout, et qui résout tout. Je vais quand même pas aller leur raconter que je suis nulle part, et que je rame dans le *plattekeis* !

— Et à moi, oui ?

— Tu es un copain, Bertrand. C'est pas la même chose. Et je t'interdis d'aller leur raconter, hein ? Ce que je voulais encore dire, c'est que la piste du dépôt reste ouverte. On n'a pas assez investigué dans cette direction-là. Le genre : pourquoi ça se passe juste entre les rames, et dans le dépôt, tu vois ce que je veux dire. Et je voudrais que tu t'occupes de ça. En stoemelinks, tu comprends ?

— Voir si les gens du métro sont impliqués, ou quoi ?

— Ratisse plus large, Bertrand. Tu pars en te disant : dépôt. Et tu fouines. Tu vois ? L'ambiance, la visite de cet Amerloque, les rumeurs de grève, les rapports entre le chef et les hommes, tout ça.

— Pourquoi ces trois types sont descendus sur les rails, tous les petits détails futiles, mais importants pour l'enquête.

— Voilà. Tu as compris. Je compte sur un rapport demain soir. Tu as carte blanche pour fouiller. Si tu as des ennuis avec le chef de dépôt, tu lui dis de me téléphoner, il va m'entendre.

François et Laplante réapparaissent ensemble. Grosse déception du stagiaire, en voyant la cigarette au coin des lèvres du commissaire.

— Ah, vous l'avez retrouvé. J'ai cherché partout, pas moyen de mettre la main dessus. Je comprends mieux pourquoi.

— Tu vois, petit, c'est comme ça qu'on résout une enquête. Même si tout paraît impossible, eh bien il y a toujours une explication. Le surnaturel, ça n'existe pas. Mets-toi bien ça dans le crâne, mon garçon. Toujours une explication logique. Un éléphant qui passe par le trou d'une serrure, c'est impossible, tu crois ? Alors, s'il est quand même passé, c'est que la porte était ouverte à ce moment-là. Il y a une solution à tout, *fieu*, il suffit qu'on la cherche.

— Surtout, qu'on la trouve, renchérit Bertrand.

Après le service, François s'est empressé de téléphoner à Arlette. Il a hâte de la revoir, mais c'est la belle voix pré-enregistrée de la messagerie qui répond :

— Bonjour, c'est Arlette. Laisse un message.

Il décide de passer d'office chez elle, tant pis. Devant l'immeuble, il a une hésitation. Quelle mouche a piqué le commissaire, de donner sa bénédiction à sa liaison avec Arlette ? Ce n'est pas la réaction qu'on pouvait attendre d'un père, à moins qu'il n'ait d'autres aspirations. Le mariage, par exemple. Susse n'est pas vraiment prêt pour convoler. Le batifolage est mieux dans ses habitudes, et le fait de se lier aussi définitivement, même avec une fille comme Arlette, ne lui semble pas une perspective engageante. Malgré une poitrine avantageuse et de réelles dispositions pour la galipette, cette fille est tout de même la fille de son chef hiérarchique, la mère d'un bambin, une adepte des arts martiaux, caractéristiques hautement handicapantes dans la conception que le stagiaire peut avoir de son avenir matrimonial. Il se dit aussi qu'il doit y avoir une madame

Carmel, belle-doche autoritaire qui lui fera passer des patins aux pieds pour entrer au salon, critiquera sa coiffure et l'état de ses chaussures, trouvera déplacée sa méthode d'éducation des enfants. Même si elle s'est entichée d'un politicard, elle risque de montrer un jour le bout de son nez. Bref, un tas d'ennuis en perspective, juste pour une partie de jambes en l'air sans conséquence.

Derrière son rideau, au rez-de-chaussée d'en face, la vieille Germaine est à son poste de guet, et scrute les diverses évolutions du visage du jeune homme.

— Encore celui-là ! Viens voir, Nestor, il est revenu. Regarde-le roder. Le commissaire, il ferait bien de semer du soufre le long de la façade, histoire d'éloigner les mâles autour de sa fille. À force, elle va de nouveau avoir des petits comme une chatte en chaleur.

— Qu'il vienne pas chipoter à mes poubelles, réplique Nestor dans son dos. S'il vient de ce côté-ci, je sors ma 22 long et je lui farcis les fesses avant qu'il ait dit ouf !

— T'en fais pas pour tes poubelles, c'est pas pour elles qu'il est là. Regarde, il sonne. Ça va de nouveau être zimboum-tralala chez elle. Le gosse fait la sieste, et elle...

—Eh ben elle aussi ! Une sieste améliorée ! C'est jeune, Germaine, ça doit se défouler. Tu te souviens bien que je rentrais à la maison entre l'heure de midi pour pouvoir tirer un coup en vitesse sur la table de la cuisine. Tu te souviens, hein, Germaine ?

— Oui mais on avait vingt ans. On était jeunes.

— Justement ; eux aussi, ils sont jeunes, et ils ont vingt ans.

Germaine enroule son visage en une grimace amère, qui fait jaillir toutes ses rides :

— Mais c'est pas la même chose, on était mariés. Tiens, voilà, il est rentré. Ça va commencer. « Bonjour madame, bonjour monsieur, vous permettez que je mette le bébé au lit ? Vous pouvez déjà passer dans la chambre et commencer à enlever votre pantalon. » Et puis vlan, c'est parti ! On tire les rideaux, papa peut travailler pour permettre à sa fille de mener la grande vie. C'est un scandale !

— Je suis tranquille pour mes poubelles. Depuis que son gorille est en prison, le quartier est quand même devenu plus calme.

— Tu veux dire l'ex de madame couche-toi-là ? Il aurait mieux fait de lui donner une bonne *rammeling* de temps en temps et de tremper son cul dans de l'eau froide, que de venir abandonner ses amants devant notre porte.

— C'est eux qui la recevaient, la *rammeling*.

— C'est pour ça que le commissaire l'a mis en prison. Alleï, donne-moi une fois ma tasse de café, de parler comme ça, toute cette histoire m'a donné soif.

Le commissaire n'a pas envie de rentrer chez lui. Toute cette affaire l'embarrasse au point de devenir une obsession. Comment est-il possible que malgré les moyens sophistiqués dont dispose la police, on n'ait rien trouvé ? Le néant sur toute la ligne. Le tout appuyé par des conjectures plus hallucinantes les unes que les autres. Un étau de plusieurs tonnes se promène seul dans les airs, vient pulvériser des têtes, puis retrouve sa place au creux de nulle part, sans laisser aucune trace, à part les cadavres écrasés. Un ovni étasunien vient se faire *enkrieker* en plein milieu de ce désordre, attisant la colère et l'impatience des autorités. C'est incroyable. Il doit faire face à une série de meurtres en milieu pratiquement fermé, avec un *modus operandi* semblable à chaque fois, et on ne trouve rien. C'est bien la première fois de sa carrière qu'il se voit confronté à pareille énigme. À croire qu'il n'y a pas de meurtrier, ce qui, en toute logique, est impossible. Ces trois types ne se sont pas suicidés ! Comment auraient-ils pu le faire dans de telles conditions ?

Il décroche le téléphone d'un geste évasif :

— Jésus ? Tu veux bien faire quelque chose pour moi ?

Pas besoin de presser le combiné contre son oreille, pour entendre la voix de basse répondre :

— Bien sûr, commissaire. Un café ?

— Un miracle, si possible. Mais là, c'est

trop, je sais. Tiens oui, amène-moi un café. Mais si tu veux aussi aller chez Frans le boucher, me chercher un *pistolet* au jambon et un au fromage, ça serait gentil. Je sais pas comment ça se fait, mais j'ai une faim de loup, *potverdekke*.

Pendant que l'inspecteur Jésus Floche, dit Tapedur, s'acquitte de cette mission de confiance, le commissaire forme sur son cadran le numéro d'appel du labo, et obtient immédiatement Goreil :

— Jacques, tu es encore là, tant mieux. Tu n'as toujours rien pour moi ? Un tout petit indice ?

— Nada, mon vieux. Je ne voudrais pas être à ta place. Le directeur doit te casser les pieds, non ?

— Si ce n'était que lui ! Même le ministre m'a enguirlandé, tu vois le genre. J'ai paralysé la ville pendant trois jours en bloquant le métro, j'ai permis d'*enkrieker* un Amerloque, et je ne trouve pas les coupables des meurtres. On est à deux doigts de me pendre par les couilles en dessous de l'arcade du Cinquantenaire, pour faire un exemple.

— Pauvre vieux. Tu dois être en pleine forme.

Carmel exhale un soupir qui fait vibrer le drapeau rouge de la place Tian'an men.

— Moi, la dèche, ça me donne faim. J'ai commandé des *pistolets*, si tu veux, tu viens manger ton casse-croûte avec moi. On videra une bouteille de faro en apéritif.

— J'arrive. On parle tellement de boisson dans cette histoire que j'en ai le gosier sec.

À peine le commissaire a-t-il raccroché que Jésus apparaît.

— Ils n'avaient plus de fromage des Dames, chef, alors j'ai pris du fromage de tête.

Carmel a une moue dégoûtée :

— *Potverdekke* Jésus, tu es aussi sensible qu'un tombereau d'anthracite ! Du *kip-kap* à manger, quand on a vu de la tête pressée pendant une semaine ! Où est-ce que tu as ton saint-esprit ?

— Mais c'est pas du *kip-kap*, chef, c'est du fromage de tête, c'est pas la même chose.

Le pauvre inspecteur est sauvé par l'irruption de Goreil, qui dépose sur le bureau de Carmel une barquette de champignons à la grecque. À la vue de ce magma rougeâtre, le commissaire arrive tout juste à réprimer un spasme :

— C'est pas vrai, dis ! Tu patauges toute la journée dans des trucs sanguinolents, et puis tu parviens encore à manger *ça* ! C'est dégueulasse !

Hilare, Goreil s'adresse à l'inspecteur Floche :

— Il n'en a pas l'air, comme ça, mais le commissaire Carmel est une petite nature, inspecteur. La vue du sang le rend nerveux, et lui coupe la chique, mais pas l'appétit. Je vois qu'il se prépare à dévorer un pistolet au fromage de tête. Sans doute pour l'inspirer dans son enquête. C'est un consciencieux, voyez-vous ?

Tapedur préfère s'éclipser avant la tempête qu'il prévoit dans les yeux du commissaire. Goreil s'installe devant le bureau, et se met à mélanger les champignons et leur sauce, avant d'étendre la mixture sur un demi-*pistolet*.

— Tu vois, explique doctement le chef du service scientifique, j'aime bien préparer mes aliments juste avant de les consommer. Si j'avais préparé ma pitance ce matin, la sauce aurait imbibé la mie du *pistolet*, il en aurait résulté une bouillie assez peu ragoûtante.

Les yeux de Carmel sont révulsés, il a de la bile au fond de la gorge. Il regarde son vis-à-vis arracher de grandes gueulées de son en-cas, les mastiquer avec application, puis les déglutir avec bonheur.

— Bon sang, j'ai oublié que tu m'avais proposé un apéritif ! s'exclame Goreil, la bouche pleine. Une bouteille de faro, non ?

Carmel s'empresse de faire le service. Il fait sauter le bouchon de liège, remplit les verres et en tend un à son ami :

— À la tienne, Jacques. J'espère que tu vas me trouver quelque chose sur cette affaire.

Goreil vide son verre, le dépose sur le bureau et se met à couper un second *pistolet* en deux parties égales, qu'il enduit consciencieusement de sauce aux champignons, sous les yeux écœurés de Carmel.

— N'espère pas trop de mon côté, vieux.

Je n'ai rien. Rien de rien. C'est à peine croyable. Sur les lieux de trois crimes, on a tout juste relevé le vomi des témoins. Pas une empreinte, si ce n'est celles des victimes. Pas d'indices, sauf le sang sur les rails et sur les rames. Le sang des victimes, là aussi. C'est mal parti. Et l'autopsie ?

— Rien. Ils ont eu la tête écrasée tous les trois de la même manière. Pas de trace de lutte, pas de blessures défensives, pas de résidus intéressants sous les ongles. Il sont pratiquement morts naturellement. Par l'opération du saint-esprit.

Carmel regarde tristement son ami, on pourrait croire qu'il va fondre en larmes, tandis que Goreil plante avidement les dents dans la bouillie rougeâtre du petit pain.

— Je vais me chercher une tasse de café, grogne le commissaire.

Pendant son absence, Goreil termine son repas, de même que la bouteille de faro. « Il n'en boira plus. Le café, c'est très mauvais sur de la bière, mais le contraire, c'est pire. On ne va pas laisser s'éventer un nectar pareil. » Il tète le dernier filet de mousse au fond du verre, lorsque le commissaire revient, encore plus maussade qu'avant. Il a renversé une partie de son café sur le devant de sa chemise, et arbore maintenant une magnifique cravate brune plaquée contre son torse.

— C'est pas mon jour, *potverdekke* ! Je crois que je vais rentrer chez moi et me soûler la gueule. Comme ça demain, j'aurai une belle GdB et j'aurai d'autres soucis que des cadavers à répétition. Je crois que j'ai encore une bouteille de Chassart du bon vieux temps, je vais lui faire sa fête.

—Du Chassart ? Alors je viens avec toi. Tu sais bien que je ne laisse jamais les amis dans la détresse. Tiens, mange un *pistolet* au jambon avant de partir, ça va te tenir au corps pour la route.

Carmel retrousse son nez dans une moue dégoûtée :

— Je saurais rien avaler, fieu. Je croyais avoir faim, mais ça me resterait là. Rien que l'idée de cette croûte dans ma bouche, c'est de trop.

— Pourtant, le *pistolet* est une nourriture saine, Guy. Des céréales, du lait...

— Du lait ? Y a du lait là-dedans ?

— Tu en mets bien dans ton café !

Carmel penche le petit pain sous la lampe de bureau, en tâte la mie, et éructe :

— *Bèke*, c'est du pain au lait. Si j'avais su ça ! Eh ben j'en mange plus jamais.

— Mais mon cher, c'est de là que vient son nom. Contrairement à ce qu'en pensent les Français, ce n'est pas nécessairement une arme à feu. *Pistus in lacte* veut dire « pétri dans le lait ». Le mot *Pistolet* désigne un tas de choses totalement différentes, avec une étymologie différente. C'est un outil de dessinateur, un urinal, un « drôle de pistolet », il peut être à essence ou à peinture... bref, c'est un peu un mot passe-partout.

Chez nous, *Pistus in lacte* est cette délicieuse boule à la croûte croquante, à la mie fondante, cette merveille avec une couche de beurre agrémentée de champignons à la grecque.

— Le faro ça te donne un air lyrique, Jacques. Tu vas bientôt pouvoir aller déclarer tes pouèmes sur la scène de la Monnaie. Tu peux être sûr que je viendrai te voir. Allez, viens avec, on va boire un godet de Chassart.

Voilà ! Maintenant, ils vont se boire un morceau dans leur bottes, pour oublier. C'est des choses que moi, je ne comprends pas, tu sais. Quand tu vois que les patrons de bistrot sont obligés de marquer sur un carton accroché derrière le comptoir : « Si tu bois pour oublier, paie avant de commencer », ça te donne une idée comme ils sont djoum. Tu commences par te remplir l'estomac avec un liquide que tu tires une gueule de travers quand tu l'avales, et puis tu dois aller pisser toutes les trois minutes, et après ça te monte à la tête, que tu sais même plus marcher droit sur la ligne des carrelages de sol du café. Et ils disent que ça est convivial !

Si tu rencontres le peï le lendemain, tu crois que le Belge est ressorti de son tombeau, fieu. Une façade de déterré comme ça, c'est pas beau à voir. Et il a un mal de crâne comme s'il avait trois kilos de plâtre durci à la place de son cerveau. Une mouche qui lâche un pet à côté de son oreille, c'est comme le coup de canon quand tu sors des grottes de Han. L'écho avec.

Le comble, c'est qu'ils aiment ça, ces tatcheluls ! Il y en a des qui font ça tous les jours de la semaine. Ils peuvent s'appeler Wallons, Flamands, Brusseleirs, Parisiens ou Papous, c'est juste le genre de liquide qui change, mais le résultat reste le même. Des djoums, que je te dis. En plus, ils aiment pas boire tout seul dans son coin ; sauf les Suisses, nature. Mais les autres, les normaux, si tu veux, ceux-là ils doivent toujours faire ça en compagnie, alors forcément, ça tourne en zatpartie. *Tu vas encore une fois me dire que j'exagère et que je cherche toujours des ruses avec les hommes. Mais tu dois quand même avouer que j'ai raison. Est-ce que je bois, moi, à part ma* sproeit *d'huile tous les matins ? Et je sais te garantir que ça me saoule pas du tout.*

Le commissaire Guy, il est dans ses petits souliers, je sens ça. Si je parie un jour au P.M.U., je t'assure que je vais pas miser sur un canasson pareil. Il sait rien, il voit rien, il nage dans la compote de pommes, et il n'y a personne qui sait l'aider. Je te dis qu'on va vivre une première dans l'histoire du polar, fieu : le super-détective va rien trouver et il sera bredouille comme un pêcheur qui a pas pêchu. À la fin de ce bouquin, c'est encore une fois la brave Roza qui va devoir tout expliquer, car ce snul n'aura pas été capable d'enlucider l'affaire. Ça vient faire le fafoule au dépôt, comme un qui sait bien causer, mais s'il y a pas quelqu'un pour l'aider, il est nulle part. Eh ben moi, je vais pas l'aider, ara ! S'il sait pas se dépatouiller tout seul, il n'a qu'à mettre sa tête tout près ! Et tu vas voir qu'il va être fâché, et qu'il trouvera bien quelque chose pour dire que c'est de ma faute ! Tu vois, c'est ça, les hommes : c'est pas moi, c'est ma sœur.

Si ça t'ennuie que je cause comme ça en zieverant, *tu n'as qu'à sauter les passages en italiques, mais je te préviens, si tu fais ça tu sauras sans doute jamais le fin mot de l'histoire, car si tu comptes sur le commissaire Guy pour trouver la solution, il va encore falloir lire trois ou quatre tomes de huit cents pages pour savoir ce qui s'est passé. Avec moi, c'est un peu plus difficile à lire, mais au moins, on a directement affaire à celle qui raconte, et donc, qui sait ce qui s'est passé. C'est à toi de voir.*

Alors, je peux continuer à déblatérer comme j'ai envie, ara !

Comme je sens que tu es aussi un peu en train de patrigoter[1], comme on dit à Lausanne, je vais te faire une récapilustation (potverdekke, ça c'est un mot à cinq francs, dis !) une récapi-tu-la-tion (ça y est !) de toute l'histoire. Tu as droit à un bon de réduction sur ton prochain voyage en Roza si tu trouves la solution avant le commissaire.

Donc il a eu deux cadavers dans le dépôt, entre Monique et Agnès. Leur tête était écrabouillée comme du kip-kap. Je parle des cadavers, nature, pas de Monique et Agnès, hein, tu suis pas ou quoi ? Tichke, le premier, il avait perdu son GSM sur les rails, et son dernier appel était pour Léon Dingault. Justement, deux jours après, cet enkriekeur a baptisé un Amerloque qui venait visiter le dépôt avec ses deux gorilles. Juste après, on trouve un troisième verpletteré de la cafetière dans le tunnel.

Chronologie : Tichke Mosselbeuze, le gardien de nuit, et puis c'est de Léonard

---

1en Suisse : patauger dans la boue

Deshonnelles, l'enginieur préféré de madame Gilberte qui est transformé en filet américain. Un peu avant l'enkriekage de mister Hovervair, c'est au tour de Clothaire Snotvinck, un vieux nostalgique du tram, de se laisser refaire la physionomie. Nulle part on trouve des indices. La scientifique a mis les bouchées doubles, et rien ne transpire, sauf le commissaire. Il en a finalement tellement marre, qu'il va se bourrer la gueule avec son copain Goreil. Pendant ce temps, le stagiaire Susse s'est empressé de déposer une gerbe sur les lieux des crimes, et en a profité pour faire un brin de cour à la fille du commissaire. Je sais, ça fait vieux, ce brin de cour, mais je peux quand même pas dire qu'il se l'est tirée comme une bête, et rentrer dans les détails scabreux, j'ai trop d'éducation pour ça. Oublie pas que c'est les Chinuûse qui m'ont construite, la plus ancienne civilisation du monde, tu penses.

Mon commissaire est donc en panne. En plus, ce matin, il a une gueule de bois que tu le dirais taillé à la tronçonneuse dans un tronc de chêne. Son copain Goreil ne vaut pas mieux. Trois bouteilles de Chassart, qu'ils ont descendues. Trois ! Tout le fond de cave y est passé. Vers quatre heures du matin, ils ont chanté la Brabançonne et Vers l'Avenir comme au vingt-et-un juillet, et puis se sont écroulés dans leur fauteuil respectif, pour le sommeil du zatlap. Fin de section, terminus, tout le monde descend, repasse seulement demain pour zwanzer.

10. Ils chient par le même trou (Comme cul et chemise)[1]

Le tableau de Pieter Brueghel « Les Proverbes » illustre cet adage avec toute la verve dont était capable le maître bruxellois. C'est l'état dans lequel les deux compères se quittent vers neuf heures du matin. Ils ont entre-temps résolu la faim dans le monde, les relations œcuméniques, les joutes linguistiques de la périphérie de Bruxelles, la reconnaissance du Tibet comme état indépendant et la canonisation du mahatma Gandhi. Tout, sauf l'enquête sur les morts suspectes au dépôt. Il faut reconnaître qu'ils n'ont pas planché sur le problème, évitant au mieux ces écueils trop acérés pour l'étrave de leur fougueux navire. Ils avaient promu Jésus Floche au rang de bourgmestre de Wezembeek-Oppem[2], et négociateur principal dans les tractations communautaires, et, par ailleurs, élu le planton Bart Deghevel comme Premier Ministre à vie. Dire qu'il avaient, en descendant gaiement les bouteilles d'alcool, fait un travail considérable serait bien pauvre. Ils avaient, en quelque sorte, fait un grand pas pour l'humanité.

C'est donc la tête au niveau du rectum que le commissaire Carmel entame cette nouvelle journée de malheur. Il doit se rendre à l'évidence du caractère éphémère de ses élucubrations nocturnes. La seule chose concrète qui lui reste, c'est la présence de trois cadavres à la morgue, un

1- Ze schaaite oeit 't zelfste gat
2- commune "à facilités" de la périphérie de Bruxelles

médecin-légiste muet, un chef de la scientifique en mal d'indices, toute son équipe et lui-même, incapables de débrouiller la situation. La phase suivante, c'est attendre un nouveau crime, espérer que le coupable laisse une trace permettant de remonter jusqu'à lui. Si coupable il y a. Rien, en fait, ne permet de conclure à son existence. Pourtant, ces hommes ne sont pas morts tout seuls, ne se sont pas suicidés. Et les fantômes n'existent plus depuis l'avènement de l'éclairage électrique. Alors quoi ? Comme il l'a dit : l'opération du saint-esprit. Peut-être faudrait-il confier cette enquête à Jésus (Floche) ?

Carmel s'est glissé discrètement dans son bureau. Il veut y demeurer seul pour tenter d'éliminer la formidable migraine qui lui vrille le raisonnement. Trois aspirines, trois cafés noirs (plus de lait, hein !) et les yeux fermés sur l'infini. Surtout, pas de bruit, s'il vous plaît, pas de bruit. Après le troisième noir intense, il se risque à une légère cogitation. C'est très douloureux, mais il faut faire un effort. Le dépôt. Les corps à la tête écrasée gisant entre les rames. L'absence d'indices, les lieux pollués par les premiers arrivants. Oh, mon crâne ! Ça bat comme un tam-tam lancinant. Il se voit comme un missionnaire au milieu d'un village de sauvages emplumés, eux dansant une ronde endiablée, lui mijotant dans un chaudron rempli d'eau et de racines diverses. Un assiette de bouillon de Carmel, ça vous dit ?

Là, il a une très forte envie de laisser

tomber, de donner sa langue au chat. Comme une énorme fatigue qui le plombe.

Dans le bourdonnement spasmodique, il entend la voix de Léon Dingault chantant « Arrosons, c'est bon pour les chicons ». Et si cet énergumène avait quelque chose à voir dans tout cela ? Jusqu'à présent, Carmel l'avait considéré comme un anar loufoque, une espèce de carabin attardé, amateur de farces d'adolescent. Ce qui est étrange, c'est que, quel que soit le côté dont on prend l'énigme, son nom apparaît à chaque fois. La première victime l'appelle sur son portable, puis meurt. La troisième est tuée juste avant la séance d'*enkriekage*. Reste à trouver le lien avec le deuxième cadavre. Le coup de téléphone, que diable ! Lui aussi avait été appelé par Léon ! Quel rapport pouvait-il y avoir entre l'*enkriekeur* et l'ingénieur du dépôt ?

Sa tête va mieux, comme si l'exercice mental avait débloqué les neurones de leur gangue de plâtre. Il décroche le téléphone, appelle Laplante :

— Bertrand s'occupe du dépôt. Tu vas me fouiller tout ce qui concerne Léon Dingault. Je veux un rapport complet dans deux heures. Dis à Susse de te donner un coup de main.

Il raccroche d'un geste assuré. Ça y est, cette fois : la machine est repartie. À nouveau au téléphone :

— Jésus, tu prends deux balèzes et tu me ramènes le nommé Léon Dingault. Son équipe va chercher des crosses, c'est pour ça qu'il faut prendre du renfort. Des durs. Il peut y avoir de la cartache. Tu crées une diversion et pendant que tes types matraquent un peu ses copains, tu embarques Léon pour vérification. Dis-lui que c'est l'Amerloque qui a déposé plainte. Il viendra, il a l'habitude. Mais tu ne lui dis pas que c'est moi qui le convoque. Compris ?

Sans attendre une réponse, il raccroche encore, puis se dirige vers le tableau noir du mur du fond. Il y écrit, côte à côte, les noms des trois victimes, puis, au-dessous, celui de Léon. Il trace en plus un cercle figurant le dépôt, et, tout en bas, un autre censé représenter la brasserie Pill. Pourquoi cette dernière inspiration ? Parce qu'il s'agit d'un point de rencontre entre toutes les parties.

Il est interrompu par la sonnerie du téléphone. C'est Arlette :

— P'pa ? je ne parviens pas à joindre François. Il n'est pas au commissariat ? Tu veux bien me le passer ? J'ai un truc important à lui dire.

Carmel exhale un long soupir, lève les yeux au ciel, et prend sa voix la plus douce pour répondre :

— Bonjour, ma chérie. Non, ça ne va pas, j'ai très mal dormi. On a passé la soirée à boire, avec Jacques, et j'ai une sacrée gueule de bois ce matin. Et toi, comment vas-tu ? Tu as passé une bonne nuit ? J'espère que tu vas venir à la maison un de ces jours.

— Papa ! ne te fais pas plus bête que tu n'es ! J'ai besoin de parler à François. Tu sais, il est vraiment gentil. Et il est fou de Dempsey.

— C'est une nouvelle passade ou c'est vraiment sérieux cette fois ? Il serait temps que tu te ranges, ma fille.

— Passe-moi François, s'il te plaît !

— C'est un commissariat de police, ici, Arlette. Les inspecteurs ont du travail. Les stagiaires aussi. La galipette, c'est pour après. D'ailleurs, je dois te laisser, j'ai plein de monde dans mon bureau.

— François aussi ? Passe-le moi.

— Au revoir, ma chérie. Je lui demanderai de te rappeler après son service.

Comme il raccroche, il entend, craché par l'écouteur, le cri d'une mégère non apprivoisée : « Salaud !!! ». On peut imaginer sans peine le rictus de colère sur le joli minois d'Arlette, au moment où elle jette son téléphone portable sur la table du salon.

Carmel en retrouve le sourire. Une sacrée fille, qu'il tient là. Un caractère de cochon. Ses amours orageuses avec diverses faces patibulaires peu appréciées par les autorités policières, lui ont déjà coûté un séjour en cellule, et les reproches ont plu en rafales chez le commissaire. Après le rappeur-fou, père inconnu du petit Dempsey, Philippe Quincongue, dit le Matamore, et d'autres figures de proue de la pègre bruxelloise, il serait bon qu'elle se tourne vers un futur policier, pour compenser. Le petit Susse ferait bien l'affaire, c'est vrai. De nouveau, le commissaire se prend à rêver de petits-enfants, tous inspecteurs autour de lui, leur patron.

Rêve de courte durée, interrompu par l'arrivée de Goreil, un grand bol de café à la main. Le chef de la scientifique est encore plus sombre que d'habitude. On dirait un cierge de Pâques tombé dans un seau de suie.

— Sale temps, ce matin, dit-il d'une voix caverneuse. Ne me présente plus jamais cette saloperie d'hier soir, Guy, ou je te la vide sur la figure. Si j'analysais les résidus que j'ai sur la langue, je crois qu'on pourrait revoir le tableau de Mendeleïev, on découvrirait sûrement un tas de nouveaux éléments avec des nombres atomiques inédits. C'est franchement dégueulasse.

— Et je n'en ai même plus un petit fond pour tuer le ver, réplique Carmel. Tu en raffolais tellement que tu m'as tout vidé. Comme faux frère, tu est super, toi.

Il avise le bol de café de Goreil :

— Dis donc, où tu as déniché un vase pareil ? Tu sais que c'est interdit, ça, de prendre des doubles doses de café à la fois.

— Cas de force majeure, mon ami. Plus thérapeutique que gourmand. Un besoin incoercible de plonger le nez dans une forte odeur de caféine à l'état de vapeur.

— Arrête une fois avec tes mots à vingt-cinq centimes, dis, Jacques ! J'ai mal au crâne comme toi, fieu, et tes *incommercibles* volent comme ça un tout petit peu au-dessus de mes moustaches. Tu es venu pour me casser les oreilles ou tu as quelque chose de nouveau ?

Goreil prend un air contrit et s'assied en face du commissaire.

— Moi, non. Mais j'ai un stagiaire qui a eu une idée.

— Pendant que tu te soûles la gueule, tes sous-fifres travaillent dur. C'est bien, ça, Jacques. Quand on est trop mauvais, il faut savoir déléguer.

— C'est comme toi, en somme. Déléguer, voilà un verbe que tu vas devoir commencer à connaître. Tu as Laplante...

— Un snul !

— Tu as Jésus...

— Tapedur ? Juste bon pour flanquer des roustes et pour aller chercher des *pistolets au kip-kap*. Bon allez, tourne pas autour du pot. Tu vas me dire que le petit Susse est une pointure, sans doute ? Quand il voit un peu de sang il n'a rien de plus pressé que de polluer ton terrain avec son déjeuner à moitié digéré. Je sais déjà te dire qu'il a plus dans sa culotte que dans sa tête, ce *ket*. Il a tapé dans l'œil d'Arlette, et je ne serais pas étonné qu'il l'a déjà sautée. Pas mal, non ?

— L'un n'empêche pas l'autre, Guy. Napoléon Bonaparte était une queue infatigable, et en même temps, l'un des plus fins stratèges qu'ait connu le monde.

— Bla-bla ! Je vois déjà mon Susse avec un chapeau à deux pointes et une redingote verte, avec une main sur son ventre et une autre dans son dos, occupé à diriger une enquête. Bon, alors, ton stagiaire, son idée c'est quoi ?

Goreil prend le temps de vider son bol de café, de prendre une large inspiration, de croiser les bras sur sa poitrine, et de regarder son ami bien en face :

— Il a pris le problème à contresens. Il faut avouer que les indices sont introuvables. Dans aucun des trois crimes. Pourquoi introuvables, avec tous les moyens dont nous disposons aujourd'hui ? Tout simplement parce qu'IL N'Y EN A PAS. Attends, ne fais pas ta tête de cochon. Il a donc conclu que s'il n'y avait pas d'indices, c'est qu'il n'y avait personne.

— Ça veut dire qu'il n'y a pas de meurtre, et pas de meurtrier ?

— Exactement.

— Et que les victimes se sont toutes les trois suicidées en se mettant la tête dans un étau de plusieurs tonnes, qu'elles ont fait du filet américain avec leur cerveau, et puis qu'elles ont nettoyé l'étau, l'ont remis à sa place, et puis elles sont allées se coucher sur les rails. C'est bien, Jacques. Bientôt, je vais te raconter que la sainte Vierge m'est apparue, et qu'elle m'a demandé de te coller une paire de tartes sur la gueule car elle en a marre de ta connerie.

— Je sais, ça a l'air surréaliste, de prime abord. Mais je suis persuadé qu'il faut creuser cette idée.

— Ouais, creusez seulement. Une idée de jeunot, qui a plutôt l'amour en tête que son travail. Il fréquente pas sur une poulette, ton stagiaire ? Il reçoit pas trente coups de téléphone par jour, avec des « Je t'aime » et des « Je t'embrasse partout » ? D'ailleurs, cette version, tu m'en avais déjà parlé il y a quelques jours. Ton petit *snul* n'a rien inventé.

— Exact. Mais son étude me conforte dans cette version. Je suis sûr de ce qu'il avance.

— Bon. Alors je fais quoi, moi ? Je crie « Pouce » je donne ma démission pour incapacité, et je vais pêcher à la ligne aux étangs d'Ixelles ?

— Tu n'y peux rien, Guy. De temps en temps, il faut se résoudre à laisser tomber. Pas de criminel, pas d'enquête. Attache-toi à autre chose. Une nouvelle affaire. Classe celle-ci, elle ne te vaut rien.

Carmel, avachi dans son fauteuil à roulettes, les bras pendant sur les accoudoirs comme des avirons sur leurs dames de nage, ressemble à un grand albatros mazouté. Napoléon au soir de Waterloo. Digérer une défaite, c'est la pire des choses qui pouvaient lui arriver. Elle lui reste en travers de la glotte. Passer à autre chose, d'accord, il pourrait faire l'effort. Mais s'il n'y a rien d'autre ? Si la seule perspective d'occupation se résume à organiser un concours de Solitaire sur ordinateur, avec comme concurrent le commissaire Turpin ? D'autant plus que ce dernier est rompu dans la discipline, vu son entraînement quotidien, tandis que lui, Carmel, n'aurait aucune chance.

Rien à se mettre sous la dent, c'est pour lui une calamité, une plaie d'Égypte. Il se sent déjà mis au rencart, à la retraite anticipée. Définitivement inutile. Qui sait, surnuméraire ?

— Il doit y avoir une raison pour continuer, Jacques, j'en suis sûr. Ces types sont peut-être des petits malins, mais je vais chercher, chercher, jusqu'à ce que je trouve leur faille. Ça, je te le promets. Même si je dois leur courir derrière pendant cent et deux ans, *fieu*, je les aurai. Tu comprends, ça n'est pas possible, un roman policier où le détective ne trouve pas à la fin.

— Content de te revoir en forme, mon vieux Guy ! Je continue avec toi. Si on ne trouve pas la solution, nous deux, les as de la police bruxelloise, c'est comme si Manneken Pis ne pissait plus. Tu vois le scandale que ça ferait...

— J'ai encore une piste. Léon Dingault.

— L'*enkriekeur* ? C'est un zozo, ce type-là. Tu le vois en train d'écraser des têtes ? Je t'en prie, Guy, ne te raccroche pas à n'importe quoi pour sauver la face. Je vais te trouver des indices.

Carmel s'est levé, soudain ragaillardi, il s'étire bruyamment, puis clame haut et fort, afin que le commissariat connaisse sa nouvelle détermination :

— L'*enkriekeur*, il va passer un mauvais quart d'heure. Je vais lui extraire son jus jusqu'à la dernière goutte. Et ça ne sera pas de la *kriek*, crois-moi.

Il retourne à son tableau, consulte les gribouillis à la craie.

— Il doit y avoir un lien entre Léon et l'ingénieur, puisqu'il y en a un entre lui et Snotvinck, et aussi Mosselbeuze. Le nœud de l'affaire est là. À quatre, ils avaient préparé l'*enkriekage* de Hovervair, et quelqu'un les a contré. Peut-être les gorilles de l'Amerloque. Et puisqu'ils n'ont pas eu l'occasion de neutraliser Léon, et l'incident a quand même eu lieu. Voilà par où il faut chercher.

— Tu y vas fort, Guy. Je te concède que ce sont des coboilles, mais de là à tuer trois personnes pour empêcher une douche de kriek, c'est plutôt exagéré, non ?

— Il y a encore un truc qui me turlupine les amygdales, c'est la rame déraillée. C'est bizarre qu'une machine de plusieurs dizaines de tonnes se retrouve à côté de ses rails, non ? Tu devrais lancer tes recherches là-dessus, Jacques. Comment ça a pu se produire. N'oublie pas qu'elle ne roulait pas. Elle était coincée entre deux autres rames, dans un couloir de liaison entre le dépôt et le réseau. Donc, sans espace, ni devant, ni derrière, ni au-dessus. Et pourtant, elle se retrouve à côté de la voie. Trouve-moi l'explication de ce miracle, et tu seras le *cadeï* le plus super de la police de Bruxelles, à part moi, bien sûr.

Léon Dingault est propulsé dans le bureau du commissaire par un tir au but magistral de l'inspecteur Tapedur, qui croit devoir ponctuer son geste par une parole d'encouragement :

— Mon quarante-six fillette dans tes fesses, ça te fera juste un bleu. Et si tu veux déposer une plainte pour brutalité et le prouver, je t'embarque pour exhibitionnisme. Tiens-toi le pour dit.

— Ça va, Jésus, monsieur Dingault est un visiteur privilégié.

Mais l'inspecteur n'est pas de cet avis, et tient à préciser le fond de sa pensée, avant de rendre gorge :

— Un *peï* qui gaspille de la bonne *kriek* sur des Américhiens, je sais pas privilégier, ça, commissaire. Si y sait pas la boire, sa kriek, il n'a qu'à la donner à ceux qui aiment, un point c'est tout.

Carmel renvoie le bouillant inspecteur d'un geste agacé, puis invite Léon à prendre place sur le siège de l'autre côté du bureau.

— Non, merci, commissaire, répond l'*enkriekeur* en se frottant le bas du dos. Avec ce qu'elles viennent d'encaisser, mes fesses réclament un temps mort de quelques minutes. Avec votre permission, je resterai debout. Mais si vous insistez, j'accepterai une tasse de votre délicieux café Carmel.

Carmel décroche son téléphone et commande deux cafés. C'est Susse qui les apportera en même temps que le rapport de l'inspecteur Laplante.

— Mon cher Léon, commence Carmel, j'ai un solide problème avec toi. Toutes mes victimes te connaissaient, et elles étaient en contact avec toi juste avant leur décès qu'on peut qualifier d'inopiné, n'est-ce pas ? Alors le veilleur de nuit te téléphonait au moment de sa mort. Tu as quelque chose à dire en bas de ça ?

— Rien du tout, commissaire. D'ailleurs, c'était moi qui l'appelais, pour lui rappeler de réserver la journée de jeudi pour assister à l'*enkriekage* du chicon amerloque. Comme il fait la nuit, Tichke est absent pendant la journée, et il n'aurait pas pu assister à la séance. Il a sans doute cherché à confirmer le rendez-vous.

— Et il t'avait demandé de l'avertir de la date, j'ai compris. Et alors ?

— Ben, rien. Il a décroché, il y a eu un grand bruit, comme si son appareil était tombé à terre, puis un autre bruit, énorme, puis plus rien.

— Tu ne lui as pas parlé ?

— Non. Je n'entendais plus rien, alors j'ai coupé la communication.

Déçu, Carmel se tapote les genoux, puis se lève, lui aussi.

— Moche, ça. Tu as entendu le portable qui tombe, et puis un grand bruit. C'était quoi, ce grand bruit, à ton avis ?

— Aucune idée. Mais c'était énorme, je vous jure. Comme un grondement de tonnerre.

— Tu crois qu'il y avait de l'orage, cette nuit-là ?

— Non, bien sûr. Mais ça y ressemblait. Un lent roulement, d'abord, puis un fracas jovien.

— Un frac à tu viens, qu'est-ce que c'est que ça ? Raconte-moi pas des salades, hein Léon, car Jésus n'est pas loin et si je lui dis que tu as vingt litres de *kriek* cachés chez toi, il va te faire parler, tu peux me croire. Et Clothaire Snotvinck est tué juste avant ta représentation avec l'Amerloque. C'est bizarre, non ? Tu vois un rapport ?

— Il faisait partie de mon club d'*enkriekeurs*, je le reconnais. Comme Tichke, d'ailleurs.

— Et comme l'enginieur Léonard Deshonelles, la deuxième victime.

— Là, vous m'épatez, commissaire. C'est vrai, Léonard avait rejoint le groupe des préparateurs. Très motivé, ce garçon ; un bon élément, plein d'avenir.

Carmel va ouvrir la porte devant Susse, qui arrive avec un plateau. Deux cafés fumants et un gros dossier sont posés dessus.

— C'est comme la Bérésina, dans tes troupes, on dirait. Trois *peïs* en moins, ça commence à compter, non ? Bientôt, plus de préparateurs, plus d'*enkriekeur*-adjoint, tu vas pouvoir faire le travail tout seul. Si tu n'y passes pas, toi aussi ! On dirait qu'il y a des gens qui te cherchent des poux, non ?

Pendant que Susse en bonne hôtesse, dispose les tasses devant leur destinataire respectif, et remet le dossier à son chef, ce dernier retourne s'asseoir, et fait signe à Léon de l'imiter.

— On arrête de rigoler, Léon. J'ai trois cadavers sur la bosse et ils font tous les trois partie de ta bande de rigolos. Je commence à croire que les jankées n'aiment pas d'être *enkriekés*, et que comme c'est des coboilles, ils ont la gâchette facile. Qu'est-ce que tu en penses ?

— Vous êtes fou ! Un, ils n'étaient pas au courant, deux, ils s'en seraient pris à moi, et trois, on ne tue pas trois personnes pour empêcher une plaisanterie.

— Un, deux, trois... tu causes comme un politicien, toi, Léon ! Tu as déjà entendu ça, Susse, comme ils savent bien compter jusqu'à trois ? Jamais plus loin, hein, car à partir de là, ils savent plus.

Le stagiaire opine chaleureusement, mais se garde bien d'exprimer son opinion à haute voix.

— Je vous assure que je n'ai rien à voir dans ces meurtres, se défend Léon. Ce sont de simples coïncidences, j'en suis persuadé. Parmi des personnalités bien plus importantes que ce prétentieux étasunien, auxquelles j'avais fait goûter notre brassin de cerises, personne ne s'est avisé de me faire la peau. Certains ont déposé une plainte, juste pour la forme, mais dans la majeure partie des cas, ces gens sont contents de la publicité que je leur fais. Ils doivent souvent payer des sommes folles pour paraître dans les journaux.

— Mais dans ce cas, c'est à leur avantage, réplique Susse. Tandis qu'avec vous, ils passent pour des...

Carmel est bien de cet avis. Toutefois, il entrevoit les failles de son raisonnement, et les arguments de Léon, qui rejoignent l'opinion de Jacques Goreil, commencent à l'ébranler. D'autant plus que dans le dossier que lui a remis Susse, il ne trouve rien d'édifiant. Léon Dingault se plaît à placer les « chicons » dans des situations plus ridicules que dégradantes, sans plus. Il s'en vante sur un site Internet où il recueille des adhérents à un club de joyeux jean-foutres avides de ce genre d'affronts. Pas de quoi fouetter un chat, et certes pas d'assassiner trois personnes.

Le bide, une fois de plus. Il ne lui reste plus qu'à renvoyer l'*enkriekeur* dans ses foyers, puisque même l'Amerloque est retourné chez lui sans déposer plainte. Le meilleur commissaire de la police de Bruxelles, l'air cul Poireau du Brabant, le sang en tonneau belgicain, doit se rendre à l'évidence : il n'est nulle part. Il a beau se dandiner dans un roman policier (du moins croit-il) où la solution est obligatoire, il sent que cette fois, il va devoir fermer boutique sur des points de suspension. Au lecteur de continuer l'enquête, et de trouver la clé. Du jamais vu, presque de l'arnaque. Car enfin, on achète un bouquin contre argent sonnant et trébuchant, et puis c'est le roman qui trébuche ! Pas de chute, pas d'explication ; on vous trimballe de Charlie en Syllabe et puis paf ! on dit « Je ne sais plus ! » et on ferme le ban. Franchement, il se le dit tout net, c'est la première fois que ça lui arrive. Mais comment faire, sans un indice, sans l'ombre d'une piste ? Un bon chien policier a besoin de renifler un vêtement, avant de se lancer. Cette affaire, ou plutôt, ces affaires, vont se terminer en eau de boudin. *Bloempanch*[1] ! Avec un dindon déplumé : lui, le commissaire Guy Carmel. Il va rentrer dans les annales de l'histoire de la police bruxelloise : le commissaire Bredouille. Trois cadavres, Bruxelles sans métro pendant deux jours, un Étasunien *en-krieké*, et deux ratons laveurs perdus dans les tunnels entre Roodebeek et Veeweyde, pour faire plaisir à Jacques Prévert. Voilà, c'est fini, on tire l'échelle.

— Écris seulement le mot FIN, ronchonne Carmel en finissant son café.

1- spécialité de charcuterie bruxelloise

Eh là, camarade syndiqué, c'est pas toi qui racontes cette histoire, hein fieu ! On écrira le mot Fin quand c'est fini, et pas avant. Car il est comme ça, ce commissaire, soupe au lait, vite découragé quand ça ne va pas comme il veut. Un peu comme quand tu jettes un papier dans ta corbeille, et que cet imbécile vole un peu et puis tombe à côté, que tu dois encore te pencher pour le ramasser et puis recommencer. Tu vois ce que je veux dire ? Et puis, un quart d'heure après, tu as de nouveau un papier, et cette fois-ci tu fais une boulette avec, pour mieux viser. Et lap ! elle tombe de nouveau à côté ! Alors tu donnes un grand coup de pied dans ta poubelle, et tous les papiers volent dehors et tu peux commencer à tout ramasser à quatre pattes.

Nous autres, les rames, on est pas comme ça. On reste zen en toutes circonstances, même quand c'est pas gai. Il y a des tas de gens qui se plaignent car ils sont des navetteurs, et que le matin ils vont dans un sens, vers leur bureau, et le soir, ils font le même chemin, mais dans l'autre sens. Que c'est une routine qui leur pèse sur la patate. Qu'est-ce qu'on doit dire, nous alors ? On fait des dizaines d'aller-retour par jour, une fois dans un sens, et une fois dans l'autre ! Tu roules, tu roules, jusqu'au bout des rails, que tu risques de te cogner contre les butoirs au fond du quai, et alors, ta queue devient ta tête, et tu repars dans l'autre direction, juste d'où tu es venue. Tes phares blancs deviennent rouges et vice versa. Tu trouves ça peut-être drôle, toi ?

Mais on ne se plaint pas. Quand on se croise, dans une station, avec Monique ou Agnès, on se fait un petit Tuût Tuût et un clin de phare, et on se met à rigoler. Tu pourras jamais dire que tu as vu une rame qui tire la gueule, ça non. Pourtant, il y aurait de quoi avec tous les Hubert Lulu qu'on trimballe. Des qui ont mal dormi, des qui râlent sur leur femme, des qui ont peur de leur chef de service et qui vont au bureau avec les fesses serrées, des qui dégueulent dans l'allée centrale car elles sont enceintes, des qui lisent leur journal et qui reniflent en stoemelinks pour sentir si le pet qu'ils viennent de lâcher pue pas trop, de tout, qu'on voit. Même parfois des sales gamins qui viennent peindre des crapuleries sur nous. Et on ne dit rien. On reste couche comme des braves machines qu'on est. Je parie que si nous on jette une boulette de papier dans une poubelle et qu'elle tombe à côté, eh bien on se baisserait gentiment, on prendrait cette rebelle de boulette et on la déposerait tout aussi gentiment là où elle doit aller. Sans donner des coups de pieds et sans faire de mal. Car nous, je te l'ai déjà dit, on ne fait de ruses à personne. Parfois, ça arrive qu'on roule sur un cornichon qui est tombé sur la voie, mais c'est pas de notre faute, hein ? Même pas de la faute du conducteur, moi je dis. Juste un accident. Rappelle-toi bien ça, juste un accident. Tu ne dois pas nous en vouloir quand on écrase un usager.

D'ailleurs, s'il est usagé, c'est pas la peine

de le garder. Oué, ça est une zwanze d'un peu mauvais goût, mais je te dis qu'on rigole tout le temps, nous autres les rames.

Là où je rigole plus, c'est quand ce commissaire dit que l'histoire est finie. Ça je ne veux pas, des flooskes pareilles. Tu aurais vu Omer qui raconte son Eau d'Issée et qui prétend qu'il sait pas si Pénélope va pouvoir arrêter un jour de détricoter son pull ? Et Alexandre Thumas qui sait pas non plus compter jusque quatre, il te vendait trente tomes d'une histoire de moustiquaires pour finir par te dire qu'il n'a pas trouvé de chute convenable, dis ? Non, hein ? Alors moi non plus. Une rame, ça tient ses promesses, potverdekke, et tu vas voir que j'ai raison.

C'est pas quand c'est un peu compliqué qu'il faut laisser tomber ses bras. D'ailleurs j'en ai pas, des bras, ara !

11. Les cadres pendent de travers
(De l'eau dans le gaz)[1]

Le téléphone coupe la voix de Carmel, au moment où celui-ci s'adresse à son stagiaire :

— Ma fille... Attends. Allo ! Oui, Jacques, je reste au bureau. Tu as quelque chose ? C'est tof. Viens m'expliquer. Oui, tout de suite, tu penses !

Il raccroche, l'air béat. Susse profite de cet instant propice, pour relancer le commissaire :

— Vous disiez, chef. Votre fille ?

— Moui, susurre Carmel dans un nuage de réflexions diverses.

Goreil vient de lui annoncer LA bonne nouvelle, il a trouvé quelque chose. Enfin un indice. Enfin une piste.

— Ah oui, elle a téléphoné pour toi.

— Votre fille ? Arlette ?

— Qui tu veux ? je n'en ai pas d'autre. Une me suffit, tiens donc ! Oui, Arlette a demandé que tu la rappelles. Eh là, eh là ! Pas si vite, petit. Après le service, s'il te plaît.

Susse s'est précipité sur le combiné, mais est très vite stoppé par son chef.

— Ici, on est au commissariat, c'est ton lieu de travail. *Froucheler* c'est pour après. Parce que tu aimes bien chipoter sur ma fille, hein, Susse ?

— C'est-à-dire... en tout bien, tout honneur, monsieur le commissaire.

— Ça tu racontes à un cheval de bois et il

1De kaders hangen schief

te donne un coup de pied, tu sais, gamin. Si tu veux me faire croire que les poires poussent sur les pruniers, tu arrives deuxième. Et tu vas quoi faire, maintenant ?

—Maintenant ?

— Eh bien oué, tu restes avec ou quoi ? Elle a déjà un enfant, ça tu sais quand même ?

— Oui, Dempsey. Je l'aime bien. Je... commissaire... je voulais...

— Tu n'as pas besoin de ma permission, tu sais. Arlette est majeure et vaccinée. Et elle se passe bien de ma permission. Mais je vais te le dire, j'aime mieux qu'elle fréquente sur un policier que sur un sale gamin comme ce Philippe. C'est plus convenable, tu comprends ? Des histoires comme j'ai eues avec l'affaire de la rue des Tanneurs, et où finalement ma fille était presque impliquée, ça n'est pas bon pour la réputation de la police, tu vois.

— Certainement, chef. Je saurai me montrer digne de votre confiance.

Carmel se fouille fébrilement, ouvre les tiroirs de son bureau, puis déclare :

— Ça y est ! J'ai de nouveau oublié mon tabac et mes feuilles ! Tu veux pas aller en chercher chez le Pakistanais au coin de la rue ? Tiens, voilà un billet de vingt. Du Pleur de Voisin et des Zob, hein, n'oublie pas !

Le stagiaire descend l'escalier quatre à quatre, se promettant de téléphoner à sa belle depuis le poste du planton.

Entre-temps, Jacques Goreil déboule comme une fusée dans le bureau du commissaire.

— Guy ! Je crois que je tiens quelque chose. Tu te rappelles qu'on a trouvé une rame à côté de ses rails ? Eh bien ce n'est pas tout, mon vieux. Personne n'avait songé à regarder *son toit !*

— Et alors ? Qu'est-ce qu'il y avait sur le toit ? Ne me dis pas un autre cadaver ou je te zigouille aussi.

— Pas de cadavre, pas de traces de sang, mais bien de la tôle froissée, des points d'impact, des éraflures. Tout l'avant du toit était enfoncé. On ne voit rien de l'intérieur, et vu que dans le tunnel, le plafond est très bas, on ne s'est aperçu de rien. C'est il y a une heure, lorsque la rame était enfin remise sur sa voie, et qu'on l'a ramenée au dépôt, que le chef d'atelier a constaté les dégâts depuis son bureau du haut de l'escalier.

— Et elle avait pas ça avant ?

— Tu penses ! Toutes ces machines sont inspectées, nettoyées, bichonnées. Le chef d'atelier a frisé l'infarctus quand il a vu l'état de sa rame. C'est arrivé dans le tunnel, au moment de l'assassinat, j'en mettrais ma main au feu.

— Si je comprends bien, tu me racontes que la rame a sauté en l'air, qu'elle s'est cogné la tête contre le plafond, et qu'elle est retombée à côté de ses rails ? Et en tombant, elle a attrapé Clothaire Snotvinck avec son petit bras musclé et elle lui a mis un coup de boule, juste pour rire. Tu me prends pour un zozo, dis ?

Goreil reste coi. Il sait que la colère du commissaire doit s'éteindre d'elle-même. D'ailleurs, tout bien considéré, il doit avouer que sa nouvelle piste ne mène pas loin, si ce n'est au délire. Il est évident que cette fichue rame a heurté le plafond du tunnel, à quelques dizaines de centimètres au-dessus d'elle. Savoir pourquoi elle l'a heurté, est une autre affaire. Comment un engin de ce poids peut-il tressauter comme une grenouille en mai ? Une analyse scientifique montre que la machine a quitté ses rails en s'élevant au point de cogner son toit au plafond, puis est retombée à côté des rails. Mais que vient faire le cadavre de Clothaire dans ce mystère, et *pourquoi* la rame a-t-elle sauté ? Aucune trace d'explosifs qui, de toute manière, auraient occasionné des dégâts collatéraux facilement repérables. Impossible de générer des dégradations aussi importantes au toit, en levant la machine avec un vérin ou tout autre moyen de levage. Le coup avait dû être brusque, net et violent.

La trouvaille ne mène qu'à l'absurde. La rage de Carmel est d'autant plus inextinguible, qu'il ne cesse de se fouiller, à la recherche d'une roulée oubliée dans une poche, et qui demeure introuvable. Et ce petit Susse qui ne revient pas, *potverdekke* !

— Tu trouves ça gai de venir me raconter cette *zieverdera* pour me faire croire que tu es un champion ? Un *labbekak* voilà ce que tu es. Avec ton air de croque-mort et tes pieds plats, on aurait presque peur de te rencontrer au coin de la *Caricollegang*. Et j'ai pas fini avec toi, *fieu*. Tu viens me dire que tu vas m'aider dans cette affaire, et tu fais rien d'autre que m'emmerder avec des histoires d'étaux de plusieurs tonnes qui écrasent des têtes, et des rames qui sautent en l'air, des sites pollués par mes hommes, des toits en accordéon qu'on a pas vus ! Et quoi encore ? Tu crois que j'ai rien d'autre à faire que rire avec tes blagues de *snul* ? Fous-moi ton camp dans tes laboratoires, et laisse travailler ceux qui savent.

Goreil essuie l'orage avec placidité, puis va répondre lorsque Susse revient, muni des accessoires tant attendus.

— Ah, Susse, mon sauveur, soupire le commissaire, soudain radouci. Tu tombes juste bien. Plus une *coute* à se mettre au bec, quand j'ai tant de misères, c'est pas tenable.

Puis, se tournant vers Goreil, et s'adressant à lui comme s'il avait oublié ses avanies d'il y a quelques instants :

— Moi, tu le sais hein Jacques, sans une cigarette à *tuter*, je ne sais plus comment je m'appelle. J'avais envoyé le gamin chercher du tabac au coin, et il revenait pas. Tu as quand même été téléphoner à Arlette, hein, *deugeniet* ! Et moi pendant ce temps-là j'attends. Tu vois, Jacques, ces jeunots, ça n'a que l'amour en tête.

Goreil est en train de se dire que son ami retrouve dans la colère toute sa verve bruxelloise, et que, ne se contrôlant plus, il dérape dans le langage fleuri de son enfance. Il connaît toutes les facéties du commissaire, et sait attendre le petit silence qui lui permet de placer sa réponse :

— Il y a une explication, Guy. Sans doute très simple, si simple qu'on ne la voit pas. Je vais tout reprendre à zéro, comparer les butoirs des rames, faire des analyses poussées. Je suis sûr qu'on aboutira. Pas question d'abandonner.

— Après tout, soupire Carmel en allumant sa sèche avec un plaisir intense, cette satanée rame, elle a peut-être eu le hoquet !

Ils rient tous trois de bon cœur.

La brasserie Pill, sise au cœur de notre belle capitale, présente une caractéristique non négligeable, quoique fort commune à Bruxelles : le vocabulaire fleuri de ses patrons, doublé d'une propension à régler les situations politiques avec une aisance frisant la dextérité. Le fil rouge de toute altercation de comptoir est toujours axé sur les hommes politiques et les impôts. Les deux allant de pair, bien évidemment. Le citoyen lambda est persuadé que l'argent qu'on l'oblige à restituer à l'état sous forme de taxes diverses, est en fait destiné à alimenter les comptes en banque privés de ses chers élus. Comment expliquer sans cela l'empressement qu'ils ont tous, à se presser au portillon des ministères ?

Bertha Dejemappes n'échappe pas à la règle : elle a une opinion très pointue sur le rôle des représentants du peuple, et ne se prive pas de l'émettre à tout vent. Cette fois, elle a choisi comme témoins de ses élucubrations son amie Gilberte, ci-devant technicienne de surface au dépôt du métro, et depuis peu en congé de maladie pour crises de frayeur chroniques, et le jeune ingénieur Jules, fraîchement engagé au même dépôt.

La conversation roule sur la pléthore d'élus par un peuple somme toute restreint, et madame Gilberte y va de son avis d'experte en la matière :

— Qu'est-ce qu'ils doivent penser des Belges, aux États-Unis ! On a tout juste quelques milliers d'habitants, et on a autant de Parlements que chez eux presque !

— Ça est normal, hein, Gigi, réplique placidement madame Bertha en éclusant une demi-gueuze. Ici, on a tous nous autres des parlements différents. Et je trouve qu'il y en a pas encore assez. Un peï du *Bloempanchgang* il cause pas comme un de *Féronstréée,* tu sais ? Regarde, je vais te donner un exemple : moi, ici, j'ai mon livreur de vins. Il m'apporte aussi mon pékèt, mais ça c'est autre chose. Eh ben, le jour qu'il est venu pour la première fois, il est entré, et il a dit « Bonjour, madame, je suis Roget Goréée, de la firme Le Paléée. » Et il m'explique tout son bataclan. Moi, j'ai tout de suite entendu que ça était un de Liéége, hein, car il parlait pas comme nous autres. Avec eux, il faut tout traduire : les « èt » deviennent « ééé », ils disent « chique » pour dire « boule » et tout ça. Tu vois le travail quand ils sont occupés à te raconter des noms de vins que t'as jamais entendu parler. Enfin, bref, je suis en train de traduire quand je me rends compte de son nom ; comment je vais l'appeler ce *peï* ? Si je lui dis Roger *Goret*, il risque de se fâcher si c'est Gorée son vrai nom. Et si il s'appelle vraiment Goret, alors il va croire que je me fous de sa gueule en imitant son accent quand je dis Gorée.

— *Potverdekke* j'avais pas pensé à ça. L'enginieur il dirait sûrement que ça est *bornélien*.

— Il aurait dit « cornélien », madame, intervient Jules.

— Oué allez, si tu veux. Tu es aussi un enginieur, toi, alors tu connais des mots à cinq centimes comme l'autre. Fais seulement bien attention de pas finir comme lui. (Puis, revenant à madame Bertha) Et qu'est-ce que tu as fait alors ?

Sans une miette d'attention pour l'irrupteur inconvenant, la patronne continue :

— Je lui ai demandé sa carte ; tu comprends mieux quand c'est écrit. C'était monsieur Roger Gorée, de la firme Le Palais. Va faire ton bonheur avec ça, dis ! Mais c'est pour te dire, Gigi, que c'est normal qu'on a plusieurs parlements. Avant, quand il n'y en avait qu'un, les réputés ils s'engueulaient mais ils se comprenaient pas. Mènnant, chacun a un parlement pour son parlement. D'ailleurs, pourquoi est-ce que tu crois qu'on appelle ça « le parlement » ? Réfléchis une fois bien à ça.

— Oué, c'est vrai que mènnant ils s'engueulent encore toujours, mais ils comprennent ce qu'ils disent. C'est déjà un fameux progrès. Quand même : il y a des trucs un peu tirés par les cheveux, tu sais. Comme par exemple les germanofoles ; ils sont tellement peu nombreux qu'ils sont tous à leur parlement, minisse, député, amputé, réputé, charcuté, jépèté, tous, je te dis. Tu crois que j'ai une chance d'une fois aller sur le parlement de Brusselles, dis ? Ou je dois déménager à Gueuzaine ? Rien que pour le nom, moi j'aime bien ce village.

— Eh ben, Gigi, je vais te dire quèque chose : moi, j'aime mieux que tu vas *reloqueter* les rames de métro qu'aller au parlement. D'abord, ici au dépôt, c'est un contrat à durée indéterminée, il faut faire attention à ça, et puis chez les réputés, si tu n'as pas des petits à-côtés pour arrondir tes fins de mois, ça doit pas être intéressant. Je veux bien croire qu'il y a le parachute doré (ils broubel sur les autres mais y devraient d'abord une fois *kocher* leur trottoir, hein ?) mais si tu as pas beaucoup de casquettes et que tu cumules pas, ça est très dur, le jour d'aujourd'hui. Regarde Chose, je sais plus son nom, mais c'est le ministre qui a comme ça des lunettes et un grand nez que tu crois que ça tient ensemble et que quand il va enlever son lorgnon, son nez va venir avec... allez, tu sais bien : il est avec les communisses ou quelque chose comme ça. C'est un beau garçon, sinon, mais maintenant il a quand même fort vieilli. *Och* je sais plus ce que je voulais dire avec ce peï...

Au bout de cette belle tirade, la patronne verse une tournée de gueuze, à l'occasion de laquelle Jules se voit gratifié d'un verre supplémentaire. Madame Gilberte attend le top départ, puis se lance en apnée dans le vidage express de sa chope. Lorsqu'elle fait claquer son verre vide sur le zinc du comptoir, elle exhale vers Jules un rot de réplétion gastrique qui rappelle les champs de houblon et l'eau de la Senne, puis lui dit :

— C'est vrai que t'es un beau garçon aussi, toi. Tu n'as pas du garisme, comme l'autre enginieur, mais tu as des belles dents.

Le mouvement de recul de Jules est spontané, sans calcul. Cette mégère qui le jauge a quelque chose de désagréable. Il vide son verre et aperçoit son ami Kanga qui vient prendre son service à la brasserie. L'occasion rêvée pour quitter ces deux hétaïres au rabais.

Dans son coin, Léon Dingault termine son *stoemp-saucisse* du bout des lèvres. Il n'a plus la cerise, depuis son passage au commissariat. Ce qui, pour un *enkriekeur*, est particulièrement dommageable. Cet inspecteur matamore qui déboule au bureau, et dont les sbires raflent tout le monde en cassant le plus possible d'objets, puis lui-même traîné chez Carmel pour interrogatoire serré, selon l'inspecteur, interrogatoire qui se termine en queue de poisson... Qu'est-ce que c'est que cet imbroglio ? On *enkrieke* un Amerloque et voilà tout. Ça passe dans les journaux, à la télé, tout le monde se marre bien, et puis basta ! On n'a jamais tué personne pour un gag de potache. Comment Carmel en est-il arrivé à penser qu'il pouvait devenir la cible des États-Unis ? Lui, il fait dans le brassin, pas dans la bombe à fragmentation.

Il en est à sa huitième gueuze lorsque le commissaire pousse la porte de l'établissement, et se dirige d'office vers lui. Il s'assied avec un signe à la patronne, puis le dévisage tristement, en retrouvant son tutoiement.

— Depuis que tu m'as raconté ton idée, je n'ai plus ma tête à moi, Guy. Je peux même te dire que je commence à avoir la trouille. Tu es sûr de ce que tu avances ?

— Je ne suis sûr de rien, *fieu*, dit Carmel en se roulant une cigarette. J'ai trois assassinés sur le râble, et tout ce qu'on sait, c'est qu'ils sont morts. Pourquoi, comment, tués par qui ? Mystère et rutabaga. Tu sais pas savoir comme j'en ai marre, de cette histoire. La scientifique me raconte des couillonnades, le légiste ne sait de rien, mes inspecteurs pédalent dans le *stoemp*, et moi, j'ai le patron de la police et le ministre de l'Intérieur qui me scient les côtes tous les quarts d'heure. Tu sais quoi, Léon ? J'ai envie d'aller faire un tour au dépôt, ce soir, en attendant qu'un *peï* m'écrase la tête sur les rails. Comme ça, je serai tranquille.

Il happe le verre que madame Bertha lui apportait, le vide d'un trait, et le lui remet :

— Merci, Bertha. Sers-moi z'en un autre et demande à Kanga de m'apporter un duo de rognons et de ris de veau, avec ça je vais boire de la pils au tonneau. Et après, tu me prévois un morceau de tarte aux cerises avec un café-filtre. Si tu veux bien, hein, Bertha.

La patronne opine et s'éloigne pour passer les diverses commandes, tandis que Carmel termine la confection de la cigarette abandonnée sur la table.

— Pour un type démoralisé, tu as de l'appétit, constate Léon. Une tarte aux cerises pour terminer, je vois que tu restes dans la *kriek*, c'est bien.

— Moi, quand ça va pas, il faut que je mange, c'est comme ça. La vie est déjà assez dure, pour ne pas se permettre un petit extra de temps à autre.

Dès qu'arrivé, le deuxième verre de gueuze subit le même sort que le premier, et est renvoyé illico à l'expéditeur.

Vide.

— Marcel n'est pas là ? s'informe le commissaire. C'est rare, qu'on ne le voie pas servir, le soir.

— Figure-toi qu'il est parti chez Lowie du dépôt, car il avait entendu dire que le type qui avait braqué la brasserie, tu sais bien, l'édenté, eh bien il s'est évadé de la prison de Forest.

Carmel se lève d'un bond, plonge dans ses poches à la recherche de son téléphone portable, le trouve, et dans sa précipitation, le propulse dans le décolleté de sa voisine, madame Godelieve, qui se met à hurler au viol. La commissaire argue de son état, qu'il est subséquemment inutile de prévenir la police, et que tout ce qu'il souhaite, c'est récupérer son téléphone.

Madame Godelieve assure qu'elle ne mettra plus jamais les pieds dans une gargote où des serveurs nègres vous déversent de la sauce brûlante et collante dans le décolleté, et où des commissaires-satyres y jettent n'importe quoi, sous de fallacieux prétextes. Elle prend à témoin la clientèle, va à la pêche de l'objet aux tréfonds d'un *soutif* dantesque, l'en retire en le tenant entre le pouce et l'index, comme s'il s'agissait d'un rat mort, et le présente à l'assemblée, avant de le remettre à son propriétaire, en clamant :

— Et c'est ce genre de loustic qui doit assurer notre protection ! s'il se sert de son revolver comme de son téléphone, il doit y avoir des dégâts collatéraux, comme ils disent dans le poste.

Carmel n'a cure des sarcasmes de cette furie, et appelle fébrilement le commissariat. Après avoir obtenu qui de droit, il est avisé que Philippe Quincongue et Noël Pirault se sont évadés de la prison de Forest, profitant de la promenade.

— *Potverdekke*, grogne Carmel, tous les deux évadés. C'est moi qui les ai arrêtés et on ne me prévient pas !...

— Ah voilà ! le coupe madame Godelieve.

En plus, ils laissent les malfrats s'évader de la prison. Ça gagne des mille et des cents sur notre dos et ça n'est même pas capable de faire son travail correctement. Nous autres, les commerçants, si on a un problème, eh bien le client ne nous paie pas. Tiens, Bertha, si tu vends du *flotches cafèi* pour de l'expresso, tu crois que je vais te payer ta note ? Là, tiens !

Carmel se rue vers la porte, mais pile devant Bertha :

— Marcel est allé chez Lowie à cause de l'évasion. Pourquoi ?

Madame Bertha soulève ses lourdes épaules, émet avec la bouche un son que d'autres parviennent à réaliser avec leur anus.

— J'en sais rien. Il avait l'air embêté, car ça fait quatre jours qu'ils sont évadés, et Lowie l'a su seulement aujourd'hui.

— Quatre jours ? Donc, avant les meurtres du dépôt. Et Lowie était au courant de quoi ?

— Écoute, Guy, moi je suis pas dans la police, et je garde pas les prisonniers de la prison. Je te fais à manger. Alors qu'est-ce que je fais avec tes rognons et ris de veau si tu pars ? Je les bouffe moi-même ou je les donne au chat ?

Madame Godelieve ressent le besoin de participer à la mise à mort, non seulement par goût de disserter, mais surtout par esprit de vengeance :

— Ces hommes ça est toujours la même

chose ! Tu leur fais à manger et eux ils préfèrent aller vadrouiller avec leurs copains, et toi tu restes là avec ton fricot.

Carmel est déjà en route vers le bureau. Avant tout, il s'agit de connaître les détails de cette évasion. Si elle a eu lieu avant le premier meurtre, les deux lascars peuvent être impliqués, qui sait. La vive réaction de Lowie, responsable de la sécurité du dépôt, tend à établir un lien entre eux. À quoi bon se ruer vers la prison, puisqu'ils n'y sont bien sûr plus depuis lors ; ce serait étonnant qu'ils soient restés poireauter devant la porte d'entrée.

Au commissariat, une certaine effervescence trouble la douce quiétude du principal Turpin. Le planton Bart Deghevel est venu le secouer en pleine triple série dans sa quarante-huitième réussite de la journée, pour lui annoncer qu'il y a du rif dans un bistrot proche de la Grand-Place.

— Encore une fois des Nègres et des Marocains qui se foutent sur la gueule, sans doute, prémonise-t-il avec emphase. Qu'est-ce qu'on vient nous faire chier avec des trucs pareils en plein service, tu peux me le dire ? Qu'on les laisse un peu se dérouiller entre eux, ça fera toujours de la racaille en moins, et les Bruxellois pourront dormir tranquilles.

— Non, chef, c'est à ce qu'il paraît trois Américains qui veulent tout casser dans le café. Ils en veulent surtout à la pompe et à tous les casiers de *kriek*. Il y en a un qui a tiré au revolver dans le miroir derrière le bar, en criant : Hiîîhaââ ! comme un âne !

— Des Américains ? Alors, il faut y aller dare-dare, se rue-t-il en enfilant son imperméable mastic.

À la porte de rue, il télescope Carmel qui justement, arrive dans l'autre sens. La rencontre brutale d'un char d'assaut et d'un éléphant. Les deux hommes se retrouvent assis par terre, face à face, l'un sur le carrelage bien entretenu du hall d'entrée, l'autre sur le trottoir, le fond du pantalon baignant dans une flaque d'eau de pluie. Malgré son excès pondéral prononcé, c'est Carmel qui se redresse le premier, motivé il est vrai par l'humidité prononcée du tissu qui lui colle aux fesses.

— *Potverdekke*, merci, Isidore ! Tu me prends pour une poule couveuse, ou quoi, *fieu*, que tu me trempes le cul dans l'eau froide ? Et je n'ai rien pour me changer ! *Eèèke*, et regarde une fois cette eau, dis ! C'est de la boue mélangée avec de la savonnée et de la pisse de chat. Je vais sentir bon. Même mon calcif est bon pour le bac !

— Excuse, Guy, mais c'est une urgence.

— Une urgence, avec toi ? C'est nouveau. Ton roi de pique s'est envolé avec la dame de cœur ?

— C'est une bagarre de bistrot. Un Américain qui a décidé de casser toutes les bouteilles de *kriek* et qui tire des coups de revolver dans la pompe à bière.

L'oreille soudain dressée, Carmel en oublie l'humidité qui irradie dans ses jambes de pantalon.

— Un Amerloque qui en veut à la *kriek* ? Ça ne serait pas *mister* Hovervair, des fois ? Bon, laisse tomber, je m'en occupe. Retourne à ta réussite. Ah, dis, Isidore, fais-moi un topo sur un certain Lowie Demosse, employé au dépôt du métro. Vois si tu trouves des liens entre lui et Philippe Quincongue.

— L'évadé de Forest ?

— Je vois que tout le monde est au courant sauf moi, constate amèrement Carmel. C'est rassurant pour le système de communication de la police. Si tu veux bien me téléphoner tes résultats aussi vite que possible, ça me ferait plaisir. Pour ça, je te payerai un cigare avec une bague.

Sans souci pour l'auréole qu'il va y créer, il se rue sur le siège de sa voiture de service et file vers le bistrot où ont débarqué les Américains, laissant sur les moirages du hall un Isidore Turpin dont l'esprit a du mal à retrouver un équilibre perdu.

En cours de route, Carmel refait le point de la situation. L'affaire rebondirait, s'il s'avérait que les deux évadés y sont mêlés. D'autant plus, encore, si *mister* Hovervair a quelque chose à voir avec tout ça. Plus l'apparition soudaine de ce Lowie Demosse dans le magasin de porcelaine ! Un vrai micmac ! Avec un peu de malchance, il va trouver une quatrième victime dans le café. Descendue au revolver par les coboilles...

Au café *Le Rince-Goret*, de renommée mondiale pour sa lambic servie en pichet noir-jaune-rouge, deux patrouilles de police essaient de rétablir l'ordre. Ils viennent, sous la menace de leurs armes de service, de récupérer le *Clot 662 Magnum Para con Carne* qu'un gorille américain pointait sur la vitrine du café dont la partie gauche porte en lettres d'or le mot *KRIEK au Tonneau*. On se croirait à *Desperado City* un soir de retour des vachers de la longue transhumance. L'arrivée de Carmel sème la panique. Si les flicadors s'en mêlent, il va y avoir du spectacle. Des cartouches et des balles, des *cartaches* et des baffes. Les clients sont cachés derrière le comptoir, heureusement assez long pour les abriter tous, et certains poussent le culot jusqu'à se servir subrepticement une petite rasade, directement de la pompe au gosier. C'est mousseux à souhait, mais ça désaltère et c'est gratuit.

Les quatre flics sont en position de tir réglementaire : le pistolet *G*lockenspiel tenu d'une main, l'autre serrant le poignet armé, les jambes écartées et arquées, les deux bras tendus, l'œil plissé comme une jupe de collégienne, l'air farouchement décidé à presser la détente, même si le cran de sureté de l'arme n'a pas été enlevé.

Carmel s'avance vers les visiteurs indisciplinés, et prend l'épaule du *big boss* :

— *Mister* Hovervair ! Moi je vous croyais

dans l'avion pour Dallas Texas, mais non, vous jouez "Bagarre dans le Saloon" à Bruxelles. Le Far West, chez nous, c'est à Vilvorde, mon cher Edgar. Et même là on ne se promène pas avec des revolvers, et surtout, on ne tire pas avec. Vu ce qui vous est arrivé cet après-midi, je peux comprendre que vous n'appréciez pas notre boisson. Tenez, moi, par exemple, j'ai horreur du Cacolac, avec ou sans sugar. Mais une sainte horreur, hein ! C'est pas pour ça que je vais foutre le feu à votre statue de la Liberté ou bombarder Atlanta au napalm. Je sais bien que la dernière fois que vous êtes tous venus en Belgique, on vous a laissé jouer avec vos fusils et vos mitrailleuses, mais il faut accepter qu'un jour, c'est fini, et que si vous avez envie de faire le zouave, vous n'avez qu'à faire ça chez vous autres. C'est grand, l'Amérique, non ? alors pourquoi vous venez chercher des ruses à un petit pays comme nous ?

L'Outre-Atlanticain y va d'une longue tirade qui oscille entre le cri du canard en rut et le chuintement d'un repas de limaçon. Ses gorilles opinent résolument, tout en parvenant *en même temps* à mastiquer leur gomme mentholée. L'assistance est prête à applaudir cet exploit, lorsque le commissaire coupe court à cette jolie scène shakespearienne :

— Collez-moi ces trois énergumènes au poste, que je les interroge personnellement. Confiez-les à Jésus Tapedur, et vous lui dites qu'ils s'attaquaient à une pompe à *kriek*, ça va le motiver.

Le patron du bistrot s'avance timidement vers le commissaire pour le remercier de la prompte intervention des forces de l'ordre, et lui proposer une tournée de bière, s'il reste encore quelques verres entiers. Carmel opte pour un pichet de lambic, en se disant qu'une petite récréation d'un quart d'heure ne fera de mal à personne, surtout pas à lui.

Également pour se donner le temps d'une récapitulation indispensable pour cerner les tenants de cette affaire.

Nous avons donc deux lascars qui s'évadent de la prison de Forest. Le lendemain, on retrouve un cadavre atrocement mutilé au dépôt du métro. Un autre le jour suivant, au même endroit. Puis il y a la visite de *mister* Hovervair au dépôt (encore ce dépôt !) et son *enkriekage* par Léon Dingault et son équipe. Équipe dont faisaient partie les deux victimes...

Entre-temps, Carmel apprend l'évasion, et surprend l'Américain en pleine bagarre de *saloon*. Preuve qu'il est quelque peu irascible, et que la douche de *kriek* est loin d'avoir calmé son ardeur.

Enfin, pour brouiller encore cette eau de boudin, le responsable de la sécurité du dépôt du métro (décidément !) panique à l'annonce de l'évasion des deux lascars, et entraîne Marcel Grognard dans une équipée dont on ne connaît ni les raisons, ni le déroulement.

À part ça, tout va bien. Carmel vide

tristement le fond de son pichet dans le verre, et le déguste religieusement. Le patron est prêt à lui offrir une deuxième tournée, mais ce serait trop. Il est temps, maintenant, de s'occuper des deux évadés et de leurs poursuivants.

Qu'est-ce qu'ils savent se compliquer la vie, je sais pas croire ça. Ils appellent ça leur libre arbitre. C'est vraiment l'idée la plus idiote que j'ai déjà rencontrée ! Tu vois un truc tout noir, et tout le monde voit la même chose que toi, mais toi tu prétends que c'est blanc, car tu as ton libre arbitre. Le plus souvent, tu dis ça juste pour embêter les autres. Tous ces compliments qu'ils ont inventé pour soi-disant simplifier, eh bien c'est de la crotte, moi je dis. Tu as des types qui passent leur vie à contredire leurs amis, à leur chercher des poux, à poildecuter, comme on dit. Juste pour les emmerder.

Allez, quand c'est un peï qui a peur de voir un chat noir ou qui aime pas d'aller dans la première voiture de la rame, c'est pas très grave car ça porte pas à conséquence. Mais quand tu as un zievereir comme Praline à Mossecou qui envoyait tout le monde dans une goulash si ils avaient pas le même goût que lui, ça devient beaucoup plus grave.

Les hommes, c'est ça. Toujours chercher à avoir raison, à défendre son libre arbitre, sans se rendre compte qu'ils attaquent le libre arbitre des autres.

Oïe, oïe, je sais, frèrke, je te cours sur la patate parce que je suis toujours sur ton dos avec mes hélicubrations de mise en trope, mais tu me connais quand même, depuis qu'on se connaît ? J'ai un sale caractère, tu n'as qu'à t'y faire. Grande gueule, dikkenek, avec un stameneiproêt que la moitié du temps tu comprends même pas, et que je devrais faire plein de notes en bas de page ou écrire un lexique comme la Rousse pour que tu comprends un peu de quoi il retourne.

Ça, c'est Roza, la plus jolie rame van Brussel.

Tu vas voir qu'avec son petit jeu de yoyo, le commissaire va passer à côté de la montre en or. Une fois il est content et il fait des bonds tellement il est sûr de lui, et trois minutes après il est presque en train de pleurer comme un crocodile. Je sens ça d'ici que cette enquête va déraper et qu'ils vont tous se retrouver dans le bac à sable. D'ailleurs je vais tout de suite préparer des pelles et un seau en plastique.

12. Il y essuie ses bottes (Il s'en fiche)[1]

L'Amigo, mercredi, neuf heures du soir. Mais c'est pas l'hôtel cinq étoiles, tu sais ?

Le hall du commissariat est trop petit pour accueillir tout le monde. Tous les témoins convoqués par le commissaire Carmel sont disposés en rang d'échalotes, jusque presque sur le trottoir, sous la garde austère d'une dizaine de policiers portant la mitraillette croisée devant leur torse bombé. On se croirait à une prise d'armes chez les artilleurs.

Dans son bureau, Carmel se roule une cigarette, avec application, sous le regard attendri de ses assistants. Pour quelques heures, c'est-à-dire jusqu'à demain matin, ils sont assurés d'une quiétude bienfaisante. Tous les acteurs du drame sont là, dans l'attente d'une audition, il ne peut donc rien se passer durant cette nuit. Pas de nouvelle échauffourée dans un bistro, pas d'évadé de prison, pas de victime au crâne écrasé.

Carmel va mettre le plus de temps possible à ces interrogatoires, en maintenant tout le monde sur place, sous la garde des agents. Ces derniers jours, dont presque chaque heure fut ponctuée par un évènement neuf, lui ont fortement entamé le moral. Il en était arrivé à se disputer avec son ami Jacques Goreil, à douter de son flair, à en vouloir au monde entier, et particulièrement au chef de la police et au

---

1- hij veigt er zen botten oen

ministre de l'Intérieur, qui le harcelaient nuit et jour. Là, il va avoir la paix, juste le temps de respirer profondément, de retrouver son équilibre, de résoudre cette affaire, de boucler les responsables, et de rentrer chez lui.

On a pincé les deux fugitifs au moment où ils montaient dans un train pour Antwerpen, avec, en poche, des réservations sur un cargo en partance pour le Brésil. Noël Pirault et Philippe Quincongue sont-ils vraiment mêlés à ces meurtres, rien n'est moins sûr. Ce point devra être éclairci par Lowie et Marcel, qui devront aussi expliquer leur émoi lorsqu'ils ont appris l'évasion.

Carmel considère maintenant que Léon Dingault et les Étasuniens ne sont pas impliqués, mais rechigne à les relâcher, pour s'assurer une paix durable. Il sera bon de les confronter pour en avoir le cœur net.

Le rapport de l'inspecteur Dughesclain n'a rien apporté de neuf. Le dépôt n'a pas révélé d'indices particuliers, et le personnel interrogé n'avait finalement rien à dire. Le néant, donc, de ce côté-là. Bertrand avait fait du bon travail, et son enquête très pointue montrait à quel point la vie de dépôt pouvait être chaotique, lors de grèves spontanées, ou de simples jalousies entre membres du personnel. On n'hésitait pas à torpiller son collègue pour gagner une place ou un créneau horaire favorables. Mais ce n'était que le traintrain d'une vie sociale en activité.

Rien, non plus, du côté de Laplante, pas

plus qu'à la scientifique. C'est à désespérer. La dernière ressource du commissaire sera le résultat des interrogatoires.

— Tu vois, Bertrand, soupire-t-il en allumant sa cigarette, tout ce que j'attends, maintenant, c'est un bon fauteuil, une paire de pantoufles, mon chat sur mes genoux et un verre de gueuze à portée de ma main. Je ne demande pas beaucoup, hein ? Il y en a des qui ont ça tous les soirs, avec la télé en plus.

Le téléphone du bureau se met à clignoter en émettant sa sonnerie. Carmel décroche, se présente, écoute un moment et se met à grogner :

— Non, pas question. Il a du travail et il n'a pas le temps. Non, Arlette, pas une minute ! Même pas une seconde. Il t'appellera juste après son service. Fous-lui un peu la paix, à ce garçon ! Moi, je te promets qu'il ne va pas s'envoler. Bon je raccroche.

En reposant le combiné, il a un regard sévère pour le stagiaire François Moreau, dit Susse :

— Toi, *menneke*, si tu ne l'appelles pas ou que tu lui cherches des ruses, tu auras un œuf à peler avec moi. Tiens-toi le pour dit. Nature, ça sera après le service.

Susse se recroqueville dans le coin de la pièce, tandis que les autres ont pour lui un œil tantôt condescendant, tantôt ironique. Ce garçon cherche décidément les complications, s'enticher de la fille du commissaire n'est pas une entreprise de tout repos.

C'est l'arrivée de l'inspecteur Jésus Floche qui égaie l'atmosphère soudain vaporeuse du bureau :

— Tout est prêt, commissaire. Ces types n'attendent que votre bon vouloir. Si vous avez des récalcitrants, je me tiens à votre disposition pour les passer à l'attendrisseur. Vous savez que c'est toujours un plaisir. On m'a dit qu'il y en a qui veulent casser des pompes à *kriek* ; vous croyez pas qu'il faudrait leur donner une petite leçon de savoir-vivre ? J'ai aussi repéré deux grands *tatcheluls* qui font de leur *stouf* avec des lunettes noires et qui avaient un revolver quand on les a cueillis. Deux ou trois baffes leur feraient du bien, non ? Juste pour rire un peu.

— Ça ira comme ça pour le moment, réplique Carmel. Tu m'en amènes un, n'importe lequel, et tu continues la surveillance des autres. Et j'insiste, hein : personne ne part après son audition, c'est compris ?

Jésus opine en sortant. Il espère bien qu'un des deux gorilles se rebiffera, lui donnant ainsi une bonne raison de lui *cartacher* le portrait.

— Messieurs, dit Carmel, je vous demanderai de n'intervenir dans les interrogatoires que pour faire avancer l'enquête. Pas de questions idiotes, et ne partez pas dans des explications inutiles. C'est moi qui mène le bazar, mais si vous voyez un éclaircissement à donner, vous pouvez intervenir. Susse, tu vas chercher du café pour tout le monde, et tu prends un chocolat Codor pour toi, c'est sur mon compte.

Vexé, le stagiaire quitte le bureau, se dirige vers la salle des inspecteurs, s'empare d'un téléphone et forme nerveusement le numéro d'Arlette. Elle répond au bout de quelques secondes :

— Arlette ? C'est moi. Oh toujours la même chose, il m'envoie en courses. Quand ce n'est pas son tabac, c'est du café ! J'ai l'impression qu'il ne me supporte pas, et qu'il me prend pour un ado. Oui, je sais, tu es majeure, tu fais ce que tu veux et moi aussi. Mais c'est mon chef, n'oublie pas, je l'ai sur le dos toute la journée. Les autres ne ratent pas une occasion pour les vannes scabreuses et les quolibets. J'en ai un peu marre, tu sais ? Oui, oui, je t'embrasse. À ce soir, mon amour.

Pendant ce temps, le bureau de Carmel retentit des cris du commissaire : l'interrogatoire commence. Il va tirer ça jusqu'à demain matin.

Ce jeudi-là, vers sept heures trente, Bruxelles s'est éveillée avec un peu de retard. Les pigeons du dépôt ont fait la grasse matinée.

La grande porte coulissante de l'entrée se met en mouvement et libère dans le hall un grand souffle d'air frais, qui balaie les remugles de graisse et de moteurs électriques refroidis. Voici madame Gilberte, avec son seau, etc. Tu connais a chanson.

Elle a pourtant rechigné à venir, madame Gilberte, s'était promis de ne plus jamais fouler le sol de ce maudit dépôt. C'est en traînant ses *slaches* qu'elle s'est approchée, sous le regard condoléant de Jef, qui remplace Lowie convoqué chez les flics, et toujours pas rentré.

— Quand faut y aller, faut y aller, a-t-il dit à madame Gilberte en guise de réconfort. J'ai tout ce qu'il faut avec, du café dans mon thermos, et une bouteille de pékèt remplie, pour si tu tombes faible.

— Tu peux m'en mettre un petit verre tout de suite, pour me donner du courage ? a imploré une madame Gilberte larmoyante.

Devant tant de désolation, il n'a pu qu'accéder à la demande, et une demi-bouteille a revigoré la technicienne de surface. C'est donc d'une allure crâne mais zigzagante qu'elle s'est dirigée vers le grand hall.

Le robinet, les loques à reloqueter, les lumières et... le grand cri ! *Potferdekke* il y a de nouveau un cadavre ! Tichke ou l'enginieur sont de nouveau revenus ! Enfin, on en a rapporté un ! Il y a de nouveau plein de sang, comme l'autre fois !

Madame Gilberte lève les bras au ciel, s'enfuit en chassant devant elle une volée de pigeons.

— Lowie ! Lowie ! Non, Jef ! Jef ! Tichke ! Il est de nouveau mort !

Elle traverse la cour au pas de charge, les bras au ciel, se prend le pied dans l'aiguillage, s'étale. C'est la répétition d'une scène burlesque bien connue. Jef sort de sa cahute, incrédule. Il n'a pas le temps de protester, que la brave dame lui tombe dans les bras.

— Mais enfin, mame Gilberte, tu as trop bu, ou quoi ? Y sait quamême pas être revenu, mort comme il était, le Tichke. Alleï, mettez-vous et bois une tasse de café. Je vais une fois voir. C'est bien pour te faire plaisir, tu sais.

Il se dirige d'un pas pesant vers le hangar, s'empare de la pelle, des fois qu'un intrus se serait glissé à son insu.

— Cette hystérique a tellement eu les *poepers* de retourner dans le garaach qu'elle a rêvé ça. Mais avec tout ça moi, je ne suis pas franc. C'est pas que j'ai peur mais j'aime pas ça. Les bonnes femmes, ça est une drôle de race, quand même, ça sait te foutre une trouille bleue avec leurs cris d'effraie.

En entrant dans le hangar, il aperçoit la même trace d'unijambiste, qui le mène vers les deux premières rames. Pour lui, c'est du neuf, il n'a pas encore été témoin d'une scène de crime. C'est donc normal que dès qu'il aperçoit le cadavre affreusement mutilé sur les rails, avec la tête complètement écrasée, baignant dans un flot de sang, il se mette à tapisser le flanc de Monique d'une énorme gerbe parfumée au pékèt.

— Huûûrgh, fait-il aristocratiquement, le pied gauche dans une petite mare de sang déjà visitée par la *slache* de madame Gilberte.

Puis il retourne vers le poste de garde, où

la susdite a rincé la bouteille, et trouve dès lors la vie plus agréable. Jef décroche le téléphone, et appelle la maréchaussée. Le planton Bart Deghevel lui affirme qu'on va s'occuper de son affaire très vite bientôt, mais que pour le moment, le poste est plein de témoins qui doivent passer une audition chez le commissaire Carmel et que le commissaire Turpin est trop occupé pour se charger de ce nouveau cadavre. De toutes façon, il va pas s'encourir, hein, votre macchabée, plaisante-t-il au moment de raccrocher.

— De ça je suis pas si sûr que toi, ronchonne Jef en raccrochant lui aussi. Alleï, madame Gilberte, on va pas commencer à pleurer là-dessus, hein ? Tiens, si tu allais nous chercher une autre bouteille chez Polle, c'est ta tournée. On a bien besoin d'un petit remontant après toutes ces ruses, et comme tu as vidé ma première, hein...

L'interpellée émerge péniblement des vapeurs qui l'imbibent :

— Si tu crois que moi je suis capable de marcher jusque-là, tu te fous le doigt dans l'œil, *fieu*. Après cette horreur que je viens de voir pour la troisième fois, tout ce que je souhaite c'est retourner à la maison et me cacher en dessous de mes couvertures. *Ara* ! Comment ça peut arriver des choses comme ça ? Je sais une fois pas croire qu'un être humain est capable de faire ça à un autre, Jef. Je sais pas croire ça. Ce pauvre Tichke avec sa tête toute plate, *och erme*, j'ai plus de larmes dans mes yeux pour pleurer, tellement ça me fait quelque chose.

— Mais ça sait pas être Tichke, mame Gilberte. Lui et l'enginieur, le médecin-logiste les a déjà découpés en petits morceaux à la police. C'est encore un autre cadaver, ça je suis sûr.

— Encore un autre ? Pas Clothaire qui est revenu, quand même ?

— Non, non, encore un autre. J'ai vu ça à sa cravate. Celui-ci, de cadaver, il a une cravate juste comme le chef.

— Tu vas pas me dire que c'est le chef, dis ?

— Eh bien moi je crois que c'est lui. Et il y a pas longtemps que ça s'est passé, tu sais, mame Gilberte, car le sang coulait encore en bas d'un rail quand je suis arrivé.

— *Èèke* ! Tu sais regarder des saloperies pareilles, toi ! Et sans dégobiller tout ce que tu as dans ton ventre ?

Jef prend une large inspiration, bombe le torse et rétorque d'un air de Tartarin :

— Mon père il a fait la Corée, mame Gilberte, c'est pour ça que je suis un dur. Il disait toujours : le courage, c'est dans les gènes.

— Oué mais toi, tu vas pas venir me dire que tu es jeune, comme tu cours là. Dis, Jef, tu crois qu'il va y en avoir des autres cadavers ? Car aussi non moi je viens plus ici, plus jamais ! Ça devient un endroit dangereux, ici. J'ai pas envie d'être *verpletterée* comme tous ces pauvres gens.

— Ça risque d'encore arriver, à mon avis.

J'ai une fois vu un film, comme ça, où il y avait des monstres qui venaient d'une autre planète, pour sucer la cervelle des humains. Ils avaient des tas de bras pour attraper leurs proies, et deux grosses dents de devant pour casser leur tête comme toi tu casses une noisette. Et alors ils suçaient la cervelle et ils jetaient le reste, car ils n'aimaient pas.

Pendant cette description apocalyptique, le visage de madame Gilberte a tourné successivement au vert, puis au violet, enfin, à l'écarlate. Elle est à deux doigts de l'apoplexie.

Tout à coup, elle se jette vers la porte en criant :

— *Potverdekke*, je cours chercher cette bouteille de pékèt et je rentre à la maison ! J'ai droldement besoin d'un remontant ! Le commissaire n'a qu'à tirer son plan avec tous ces cadavers et ces monstres suceurs, moi, je viens plus jamais ici, même si on m'oblige.

Le planton Bart Deghevel a guetté pendant plus de trois quarts d'heure le passage d'un bonhomme habillé comme lui. C'est fou ce qu'il y a de pékins ce matin dans cette maison réservée aux uniformes bleus ! Le commissaire en a de bonnes, d'obliger tous les témoins de son affaire à être présents dans le poste... On ne parvient plus à apercevoir un collègue, pour lui transmettre les infos sur le nouveau crime. Et le téléphone est coupé chez le commissaire, depuis l'appel de sa fille Arlette. Le gros Bart va encore se faire sonner les cloches. Il est là pour filtrer les appels, donc, de trouver mille excuses pour ne pas transférer un appel sans importance. Le tout, c'est de savoir ce qui a de l'importance, justement. Et lui, le planton à qui on ne dit rien de plus que Bonjour, Bart, Bonsoir, Bart, comment fait-il ? L'appel de la fille du commissaire Carmel, c'est important ou pas, dites ? Moins urgent que l'annonce d'un nouveau crime, bien sûr. Mais voilà, il y a aussi les moyens de communication : lors du coup de fil d'Arlette, tout était disponible. Il n'avait qu'à appuyer sur un bouton. Pour le nouveau meurtre, il n'y avait plus de ligne, et aucun collègue à l'horizon. Carmel a dû couper son téléphone. Allez expliquer ça à votre chef, surtout soupe au lait comme il est ces derniers temps. C'est un coup à vous retrouver sur le carrefour de la rue Belliard, à faire le *poechenel* pour le Premier Ministre.

Le bourdonnement du téléphone le tire de cette perspective, et c'est d'une voix éteinte qu'il répond :

— Commissariat de police, j'écoute.

— Fais chercher des pistolets fourrés, Bart, on en a besoin ici, dit l'organe voilé du commissaire. Je t'envoie Susse pour les réceptionner.

— Ah, commissaire, je...

— C'est tout Bart. Et on ne me dérange pas, hein, je compte sur toi.

— Mais commissaire, je...

Carmel a déjà raccroché. Le gros Bart s'effondre sur sa chaise de dactylo, dont le siège descend au minimum. Le menton au ras de la tablette du bureau, le planton contemple tristement la rangée de témoins compatissante. Il ouvre le tiroir de droite, y cueille une gaufre et se met à la mâcher tristement. La vie est dure.

Une tornade, soudain, anime le hall. Ce n'est pas une tornade blanche. Elle serait plutôt noire comme on peut l'être après avoir descendu une bouteille et demie de pékèt en moins d'une heure. Madame Gilberte se penche — ou plutôt, tangue — vers Bart et lui souffle en plein visage une haleine qui affolerait un éthylomètre en état de fonctionnement.

— Il est où, Caramel ? J'ai un œuf à peler avec ce lascar ! Ça fait trois fois que je tombe sur un de ses cadavers, et moi je commence à en avoir ma claque. Tu peux lui dire que... non, je veux lui dire moi-même ! Il est où, ce commissaire Boule de gomme ? Il a peur des monstres, ou quoi ? Il laisse les honnêtes gens se faire sucer la cervelle et il reste caché derrière toute sa clique de *waaivetoekkers*[1] !

Le sifflet coupé, ce qui, pour un futur préposé à la circulation, représente la fin de tout, Bart désigne l'escalier, dont une rangée de témoins encombre les marches. Madame Gilberte est déjà

1- tapeurs de femmes - surnom donné jadis aux agents de police à Bruxelles

en route.

— Tiens, Lowie ! Tu es aussi de la partie, et toi, Léon ! Eh bien moi, j'ai pas été convoquée. Je sais pas pourquoi. Mais j'aurais préféré venir ici, plutôt qu'aller au dépôt, tu sais ! Maintenant c'est le chef qu'ils ont écrabouillé. Oué oué, cette nuit. Enfin ce matin. Car Jef est aussi allé voir et il a vu que le sang coulait encore sur les rails. *Och erme*, et c'est encore une fois moi qui dois trouver le cadaver, ça tu vois d'ici ! Alors je viens le lui dire, à ce commissaire Chiklette, que j'en ai assez vu, de ses cadavers, tu vas voir quel cigare qu'il va fumer, ce *labbekak* !

Bertha intervient :

— Fais attention, Gigi, il est de mauvaise humeur, le commissaire. Tu risques de prendre un mauvais coup.

— Un mauvais coup ? Moi ? Tu vas voir ce que lui il va prendre pour son rhume, oué ! *Cartache* ! en plein sur sa fraise ! Si tu sais tenir ma bouteille de pékèt pendant que je vais chez lui, ça serait gentil. J'ai pas envie de la casser par un geste brusque. Mais bois pas sans moi, hein, Bertha, on trinque quand je reviens.

Elle se dirige crânement vers le bureau de Carmel. Facile, elle n'a qu'à suivre la rangée de témoins. Sans frapper, elle ouvre la porte à toute volée, bouscule l'inspecteur Tapedur qui se retrouve coincé entre deux armoires à sommiers, puis le stagiaire Susse dont le plateau garni de gobelets de café est projeté sur le tableau dans le dos de Carmel. Ce dernier reçoit sur la nuque les éclaboussures conséquentes. Ne prêtant aucune attention à ce désordre, la furie pose les deux poings sur le bureau et lance vers un Carmel sidéré :

— Tu es comme le chien de Jean de Nivelles, toi, hein, *fieu* ? Quand on t'appelle, tu restes bien tranquillement dans ton bureau à boire du café avec tes collègues.

— Toi, ce n'est pas du café, que tu as bu, constate Carmel. Je te signale que tu es dans un commissariat, dans le bureau d'un commissaire, et que tout ce que tu peux récolter ici, c'est de passer quelques heures au violon pour cuver ton alcool.

— Oué mais moi, j'ai des raisons, *fieu* ! Ça fait une heure qu'on t'a appelé, moi et Jef, et qu'on t'attend comme des pauvres *soekkeleirs* et toi tu bois ton café à ton aise.

Carmel sent un filet de liquide tiède lui longer la colonne vertébrale, avec la désagréable perspective que s'il ose s'appuyer contre le dossier de sa chaise, ce sera pire. Décidément, ses vêtements en prennent un coup, ces jours-ci. Susse, de son côté, s'est confondu en excuses et s'empresse de ramasser les gobelets disséminés, les genoux baignant dans une mare de breuvage refroidi.

— Va chercher une loque à reloqueter, ordonne madame Gilberte. Ton pantalon est pour le bac, maintenant. Vous êtes tous aussi godiches, ici ? Ça m'étonne pas que vous trouvez pas les sassins de tous ces meurtres. Tiens, regarde ce *metteko* coincé comme une sardine entre ses deux armoires ! Et ce grand zigoto à moustache qui est juste bon pour cueillir des fleurs dans le parc.

— Si c'est de moi que tu parles, tu dois bien faire attention, gronde l'inspecteur Dughesclain. Car je t'embarque pour insulte à fonctionnaire dans l'exercice de ses fonct... non, enfin, tu m'as compris.

— Attends seulement que je raconte ce que je sais, et tu vas voir comme tu vas m'embarquer, espèce de gros malin que tu cours là ! *Potverdekke*, Caramel, tu vas une fois m'écouter ou bien tu laisses tes hommes te mener comme ils veulent ?

— Qu'est-ce qu'il y a encore, cette fois-ci ? demande le commissaire dans un soupir à faire dévier le jet de Manneken Pis.

— Tes cadavers, *fieu*. Tu peux les garder chez toi. Voilà ce qu'il y a. Moi j'avais un travail convenable, on était bien tranquille, au dépôt, et tout d'un coup toi et tes saloperies, vous venez nous casser les pieds avec plein de sang à ramasser. Vous autres, ici, c'est du café que vous renversez. Mais au dépôt, c'est directement du sang et de la cervelle ! Je serais un homme, je te flanquerais une *rammeling* dont tu te souviendrais longtemps, tu sais.

Ce remue-ménage tonitruant a rameuté tous les témoins, qui se pressent à présent dans le couloir, cherchant à voir ce qui se passe dans le bureau du commissaire. Même les gardiens de la paix jouent des coudes pour accéder aux meilleures places. Voir un chef de la police se faire morigéner par une mégère, voilà du neuf et du ragoûtant. Un petit rusé a sorti son téléphone portable et fait des photos en douce. Ça va cartonner sur Internet.

Madame Gilberte n'en a pas terminé, de sa distribution de prix. Elle toise tour à tour le commissaire et ses inspecteurs, puis secoue la tête :

— Je peux te dire qu'on est bien protégés, ici. Pendant qu'il y en a des qui se font sucer la cervelle sur les rails du métro par des monstres suceurs venus d'une autre planète, ces couillons boivent du café et discutent bien tranquillement.

Elle marque un temps, juste de quoi reprendre son souffle après une phrase trop longue et trop marquée d'intonation, puis continue :

— Vous êtes vraiment des rien du tout, vous autres. On trouve trois cadavers au dépôt et vous trouvez rien de mieux que de rester dans votre poulailler et de boire.

Les spectateurs se régalent à ce spectacle hallucinant, mais madame Gilberte ne s'en aperçoit pas, elle poursuit, furieuse, devant un Carmel recroquevillé :

— C'est ça la police, alors ? Juste bons à coincer leur colonne verticale contre le dossier de leur chaise ? Eh bien c'est du propre !

Carmel se ressaisit enfin, prend une large

inspiration, se redresse et brame :

— *Potverdekke* vieille bique, tu vas une fois la fermer, mènnant ? Tu vois pas qu'on est en pleine enquête, ici ?

— Tellement en plein dedans que tu as même oublié de convoquer le témoin principal : moi. Et j'aurais été contente d'être ici, plutôt qu'au dépôt, ça tu peux me croire.

Le commissaire a un regard de reproche pour Dughesclain, responsable des convocations.

— Ouïe, ouïe, ne regarde pas Bertrand comme ça, car c'est toi qui diriges tout ce bazar. Et ton zozo de là en bas, celui qui répond au téléphone, il t'a rien dit peut-être ?

Devant l'œil interrogateur de Carmel, elle commence à se poser des questions :

— Il y a une heure, Jef a téléphoné ici, pour vous avertir. Et depuis, nous on attend. Le zozo il a dit comme ça qu'il allait te prévenir, et qu'on devait rester là. Tu crois sans doute qu'on a rien d'autre à faire, toi. Pour de la vitesse, c'est de la vitesse. On a eu le temps de boire une demi-bouteille de pékèt pour revenir sur son *sus.* Si un jour j'ai besoin d'aide car il y a un *peï* qui m'attaque, je ferai mieux d'appeler directement les pompes funèbres, ils seront plus vite là que vous autres.

Carmel consulte du regard ses inspecteurs et leurs voisins, sans obtenir de réponse cohérente. Tout le monde hausse les épaules, appuie son index sur sa tempe avec un mouvement circulaire, lance la main vers l'avant comme pour attraper une mouche.

— Qu'est-ce que c'est, à la fin, que tu devais me dire, parvient-il à articuler.

— Que ton cadaver, le type que les monstres ont sucé sa cervelle, eh bien il est revenu !

Un « Hein! » collégial ponctue cette nouvelle.

— Quoi, hurle Carmel en guise de variante, tu veux dire qu'il y a de nouveau un cadavre au dépôt ?

— Ça fait plus qu'une heure qu'on te le dit, *onnuzel*. Mais toi tu préfères boire du café.

Ce qui rappelle à Carmel que le dos de sa veste doit présenter une auréole à faire rougir un saint. Il décroche son téléphone et lance ses ordres vers la scientifique et le Parquet.

— Et en plus, l'achève madame Gilberte, ça s'est passé juste avant que j'arrive. Son sang coulait encore sur les rails. Tu te rends compte que j'aurais pu être moi la victime des monstres, dis ? À deux minutes près, c'est ma cervelle qu'ils venaient sucer.

— Mais tu vas une fois te taire avec tes monstres, dis ? Et tu as su voir qui c'était, cette fois-ci ?

— Jef il prétend que c'est le chef du dépôt. Il l'a reconnu à sa cravate, car sa figure, c'est de nouveau du *kip-kap* comme les autres.

Carmel tourne misérablement les yeux

vers Bertrand Dughesclain, lui-même prostré :

— *Potverdekke*, Bertrand, j'en ai marre. Tout le monde est ici, les Amerloques et tous les autres, ça ne pouvait pas arriver.

— Oui, déclare Bertrand, au bord des larmes. On a tout fait, et on n'y arrive pas.

— On réunit tous les acteurs, on les maintient ici, et cet imbécile de Jacques-Lionel des Haunarts va se faire tuer quand même. Je n'y comprends rien, je ne sais plus. Et tu sais pas savoir comme je suis fatigué, *fieu*.

Madame Gilberte savoure son triomphe, et prend à témoin toute l'assistance :

— Voilà tiens! C'est bien la preuve. Tu es un brave citoyen, et tu te fies que la police te protège. Eh bien bernique ! On tue tout le monde et eux, ils jouent aux cartes et ils boivent du café. Les enquêtes, ils essuient leurs bottes après.

— Si tu continues comme ça, mon quarante-cinq fillette, tu vas le recevoir dans tes fesses avec mes compliments, rétorque Carmel. Tu vas commencer par aller cuver ton pékèt dans une cellule. Les autres, vous retournez chez vous, le spectacle est terminé. J'ai encore un petit mot à dire au zozo du téléphone, en bas.

Lorsque tout le monde est parti, il prend Bertrand à part pour lui souffler à l'oreille :

— C'est la première fois que ça m'arrive, mais je sens qu'on va droit dans le mur. S'ils ne s'arrêtent pas tout seuls de tuer des gens, on va tous y passer.

— Tu crois vraiment que ce sont des monstres d'une autre planète ? demande Bertrand d'un air candide, mais toutefois anxieux.

Carmel ne répond pas. On est demain, et c'est pas un autre jour.

— Allez, les gars, on retourne au dépôt.

FIN

Mais ce n'est pas fini...

Eh là, camarade syndiqué ! Je t'ai déjà dit que c'est moi qui raconte cette histoire. Si toi tu sais plus de chemin avec ton enquête, c'est pas pour ça que le lecteur n'a pas le droit de savoir ce qui est arrivé.

Et comme moi, je sais, je vais le lui expliquer.

LECTEUR, ATTENTION :

regarde bien si le commissaire Carmel ne vient pas lire au-dessus de ton épaule, hein. Ce serait de la triche, tu comprends ? Moi je l'aime bien, mais c'est pas pour ça que je vais résoudre l'affaire à sa place. Laisse-le partir au dépôt, et venir pleurer tout son corps sur le nouveau cadaver.

Moi je trouve ça bien que de temps à autre les hommes se prennent un bon râteau, juste comme ça, pour rire. Et je ne parle pas encore de l'histoire : ils vont retourner au dépôt, ils ne vont rien trouver, et rebelote jusqu'au trente-deux mars ! Je vois déjà mon commissaire et ses enspicteurs avec des poissons dans leur dos, qui se demandent toujours comment c'est possible... un roman policier où l'enquêteur ne trouve pas, dis, tu as déjà vu ça, toi ?

Bon, alors voilà :

tu as bien regardé si Carmel n'est pas là, alors tu peux tourner la page... Alleï Monique, tu vas-y, volle gaz en volle petrol[1] !

1- pleins gaz

13. Et c'est moi qui termine (Monique la rame)

Les hommes, ils cherchent toujours des explications d'homme... Ça y est, je commence comme Roza, à zieverer sur eux. Mais c'est vrai, tu sais ? Le commissaire et ses colites ont cherché la sassin chez les hommes comme eux. Mais dans cette histoire, il y a aussi des rames. Tu vois que toi aussi tu les avais oubliées ! Comme si on n'était pas assez grandes pour bien nous voir !

Comme on a attrapé toutes les rames et moi aussi, la grippe ferroviaire, il vaudrait mieux s'emballer un peu dans une doudoune, de ces temps-ci. Avec des courants d'air tout plein partout, et puis, les nouvelles qui ont amené des virus que tu sais rien contre, tu sais pas autrement que tomber malade. Car c'est ça qui a fait tous ces cadavers : les éternuements des rames ! Tu comprends, une rame, quand ça éternue, ça saute en l'air comme ça : Atchoum ! et puis ça retombe sur ses rails, et quand deux rames éternuent en même temps, et qu'il y a un zigoto qui est allé s'installer entre les deux butoirs, eh bien il lui arrive des misères, comme par exemple que le peï qui a justement sa tête à hauteur des butoirs se voit verpletteré comme du kip-kap en tortue. Qu'est-ce que tu penses en bas de ça[3] ? Tu vas pas prétendre que c'est de la faute des rames, dis ? Quand tu as la grippe, tu as chaud, tu as froid, tu éternues, et tu restes dans ton lit. Nous, on nous

---

3Wa paasde doevan ?

met en plus dans un couloir plein de courants d'air et l'une contre l'autre comme des sardines dans une boîte. La grippe, ça te saute dessus comme une puce, c'est contagieux ça tu connais, non ? Quand on te parle de grippe asiatique, de grippe aviaire, de grippe porcine, de grippe espagnole, de grippe mexicaine et de tous ces trucs avec des virus comme des pelotes d'épingles, tu mets vite un masque sur ta bouche et sur ton nez, tu te fais piquer par ton médecin un vaccin qui coûte cher, et tu bois un grog bien chaud avec beaucoup de vin rouge et du rhum. Pour nous, rien du tout. Quelques gouttes d'huile qui ne te font pas du bien pour ton rhume, je te le garantis.

Tichke Mosselbeuze, le premier cadaver, il passait pour faire sa ronde, et lap ! son téléphone qui sonne ! Il venait de l'acheter, un nouveau GSM Koniac avec un appareil photo, la télé, Internet, une pompe à lambic et une essoreuse à salade embarqués, tu vois le genre. Du chiquet ! Il était tellement paf que ça sonne comme ça, sans qu'il bouge à rien, qu'il l'a laissé tomber juste sur la voie, entre Agnès et moi. Alors tu penses s'il est descendu entre les deux pour ramasser son jouet. Juste à ce moment-là, moi et Agnès on a éternué ensemble. Snot ! Ça est comme si on se donnait une baise avec nos butoirs qui se cognent en l'air. Et avec la tête de Tichke entre les deux. Tu as vu le résultat : du kip-kap.

L'enginieur, le lendemain, il avait vu quelque chose, comme de l'humidité en dessous *de mon nez, c'est normal quand même, que ton nez coule quand tu as une grippe, potverdekke ! Alors il est descendu sur la voie, juste pour regarder de plus près, et crac ! moi et Agnès on éternue de nouveau en même temps, et la tête de ce couillon était juste entre, dis ! Ça c'est un type qui n'avait pas de chance. Du garisme, ça oué, mais du bol, ça non.*

Et puis le petit malin de Clothaire Snotvinck, avec ses manies de venir pisser contre les butoirs des rames. C'était chaque fois la même chose ; quand il faisait sa balade, ça le prenait toujours, qu'il devait vite pisser sinon c'était dans son caleçon. Moi je crois qu'il avait un gros problème de prostate, fieu, voilà ce qui est. Il se baladait tranquille, comme ça, il regardait à travers les carreaux des rames, et puis il chipotait aux portes, et alors, tout d'un coup, il prenait son entre-jambes dans ses deux mains, et il courait au bout de la rame. Quand il avait encore le temps, il sautait sur les voies pour pisser contre le butoir, mais des fois il savait pas attendre et il sortait sa floeit déjà dégoulinante et il pissait d'en haut du quai. Dommage que la dernière fois, il a eu le temps de descendre, car il aurait pu raconter tout au commissaire. Mais qu'est-ce que tu veux ? Quand ça va scheil ça va pas autrement. Joséphine, elle était tellement malade qu'elle savait plus se retenir, juste comme Clothaire, si tu veux. Elle a éternué, elle a sauté en l'air tant tellement ça chatouillait son nez, et puis elle s'est cognée contre le plafond du tunnel, dis ! Ça je peux te dire que ça fait mal, tu sais ? C'est aussi malin ces hommes, de faire des tunnels si petits. Tu aurais le hoquet que tu rentrerais le soir au dépôt avec un toit comme du papier chocolat usagé. Donc, je reviens à Joséphine. Elle tape sa tête sur le béton, et puis elle sursaute si fort qu'elle tombe contre Roza, la pauvre crotje, butoir contre butoir, elle rebondit en arrière et elle se pose à côté des rails ! Un potin, fieu, dans ce tunnel ! Et les autres ils n'ont sans doute rien entendu car ils étaient occupés à boire du café ou quelque chose comme ça. Joséphine, elle avait son nez tout plein de sang. Moi je croyais que c'était car elle avait éternué trop fort, mais j'ai vu que le nez de Roza était aussi plein de sang. Et il y avait le vieux Clothaire par terre, entre les deux, avec sa caboche comme une fraise écrasée. Les autres ils avaient rien vu et rien sentu.

Le plus dur était presque passé quand ils nous ont remis dans le grand hangar, comme avant. Juste que j'avais encore mon nez qui grattait un peu, et que je faisais snif ! snif ! Tout d'un coup, je vois ce grand charlatan de chef d'atelier qui est derrière moi et qui me regarde d'un drôle d'air. Il devait se demander pourquoi je sniffais comme ça. Il n'avait jamais vu une chose pareille sans doute. Tu as déjà vu une rame de métro qui sniffe comme un qui prend sa rangée de blanche, toi ? Eh bien lui non plus. Alors cet *imbécile est descendu sur la voie, pour regarder en dessous, net comme l'enginieur avait fait. Et moi je ne savais plus me retenir. J'ai fait tout mon possible, mais c'est quand même venu. AAAAA-Atchoum ! De nouveau juste en même temps qu'Agnès car elle avait aussi son nez qui piquait. Et naturellement, la tête de ce gros malin était de nouveau entre Agnès et moi. Et naturellement elle a éclaté comme une noix dans un casse-noisette. C'est pas de chance, hein ? Pour moi, ce peï il avait beau avoir un nom comme un bottin de téléphone, il manquait quand même un peu de garisme.*

Quatre morts, ça n'est quand même pas beaucoup, dis, pour une épidémie de grippe. Hein, Roza, que les hommes ils font beaucoup plus de dégâts avec leurs bombes à fragmentation ?

Mais tu vas voir que quand ils vont savoir le fin mot de l'histoire, ça va encore être de notre faute !

Alors, tu es content que je t'ai tout raconté que même Carmel il sait pas ? Que ça reste entre nous, hein ? Onder ons gezeid en op en ander gezweegen[1], comme je dis souvent.

J'ai bien fait ça, hein Roza ? Mon parlement était bon, je crois que le message est bien passé, non ?

1- entre nous soit dit, et tu ailleurs

Très bien, Monique. Je crois qu'ils ont compris. Mais ton parlement c'est pas encore Montagne et la Poésie, hein ?

Oué, je sais, tu vas me dire que moi je cause pas non plus comme Volière, Radine, Corbeille et Bouleau, mais le lecteur il comprend que je suis de Bruxelles.

On parle pourtant comme tout le monde, non ?

Comme madame Gilberte, comme l'enginieur, même comme Guy Carmel, et pourtant lui, il est commissaire de police, avec un petit « de », s'il te plaît, c'est pas de la crotte, ça !

Ici, ça est les pages pour le lexique

afbabeler : déblatérer

a gat es brouën : ton cul est brun

ajouën : agent de police

amaï : oh lala !

Amigo : commissariat de Bruxelles

ara ! : voilà !

artikel : article

aubette : kiosque à journaux

avoir un boentje : avoir un faible

avoir un morceau dans ses bottes : être ivre

ballekes : boulettes

bardaf ! : vlan !

bargounch : argot bruxellois

bibberer : trembler

blouch : creux produit par un coup

boestrink : hareng saur

bolhoed : chapeau melon

boukak : bronzé, macaque

broubel : bafouille

broubeleer : bègue

broukschaaiter : couard

brûe : frérot

bûûm : un arbre. Une manche au jeu de couyon

caberdouche : cabaret mal famé

cadeï : bonhomme

carabistouille : baliverne

caricole : escargot de mer cuit, spécialité bruxelloise

cartache : coup de poing

casaque pataate : pommes de terre en robe des champs

ça tire : il y a des courants d'air

Charels : asticots, énergumènes

chercher (faire) des ruses : chercher noise

chinûuse : chinois

clet ! : vlan !

cortelette au ramonache : côte de porc au raifort

coute : mégot de cigarette

crotje : petite amie

deugeniete : vauriens

dihors : dehors

dikkenekke: vantards

djoum-djoum : felé, fada

douf : pet

droldement : drôlement

en stoumelings : en douce

enginieur : ingénieur

enkrieker : couvrir de kriek

estremisses : in extremis

ettefretters : teigneux

ettekeis : fromage de Bruxelles

fafoule : frotteur de manche

faire le Jacques : faire de l'esbrouffe

flave proet : sottises

flicador : inspecteur de police

floeit : flûte, sifflet, zizi

flooskes : balivernes

flotjes caféi : café trop dilué

froucheler : flirter

garaach : garage

garisme : charisme

gozette : pâtisserie
hamelaaike : sournois
jouer schampavee : filer en douce
jugemeen : lilas
kââ kiek : poule mouillée
kloddene : sottises
kalich : jus de réglisse caramélisé
ket : gamin
kiekevlies : chair de poule
kip-kap : haché
knelleke : petit garçon
koche : nettoyer
kot : cagibi
kriek : bière lambic aux cerises
krollé : bouclé
kroum : vieillard
kus men klute : pauvre couillon
kweebus : toqué
labbekak : couillon
liepe peï : petit malin
loque à reloqueter : serpillère
maft : dingue
meï : femme, nana
metteko : singe
mokke : petite amie
molières : chaussures Richelieu
mott ! : vlan !
mouma : maman
nè : na
och erme : hélas
onnûzel : crétin

pataate : patates
peï : type, gus
pékèt : genre de genièvre wallon
pennelekkers : académiciens
permetté : permis
pispot : pot de chambre
pistolet : petit pain
Pitje Schandaul : gamin de Bruxelles
plattekeis : fromage blanc
poef : dettes
poepers : la trouille
poen : pognon
potferdoumme : juron bruxellois
pottepeïs : ivrognes
pouchenel : Polichinelle
poumpbaksmoul : la gueule au carré
pranile : bonbon au chocolat
putteke : petit trou, jeu de billes bruxellois
rammeling : tannée, passage à tabac
reloqueter : nettoyer
salue en de kost : bon vent !
scheil : louche
scheil zat : îvre mort
se tenir couche : rester tranquille
singlet : débardeur, marcel
slaptitude : passage à vide
slumme : malin
smokkeleer : fraudeur
snul : imbécile
soekkeleers : misérables
soutif : soutien-gorge

spring not'vet : échalas, efflanqué

sproeit : piqûre

sproete: taches de rousseur

stamcaféi : bistrot habituel

stameneiproet : ragots de cabaret

stoemelinks : en douce

stoemp : spécialité culinaire bruxelloise

stouf : esbrouffe

stront : crotte

strondzat : îvre-mort

taper dans ses bottes : avaler

tatchelul : crâneur

tchouk-tchouk : marchand de tapis

tettegaraach : soutien-gorge

tof : chouette

tomber de son sus : s'évanouir

Trois-François : chapeau melon en vogue à Bruxelles au début du XXe siècle

tuter : mâchonner

verdoeft : moisi

verpletteré : écrasé

veuivechter : querelleur

vouelbak : poubelle

zattekul : ivrogne

zatte processe : défilé de soulards

zatlap partie : réunion d'ivrognes

zieverdera : baliverne

zievereer: radoteur

zieverer ; radoter

zinneke : bâtard

zotte streike : bêtises

zwanzer : blaguer à la bruxelloise
zwanzpartie : rigolade

       Et si tu ne trouves pas un mot que tu comprends pas, laisse tomber ; moi, quand je lis Rabelais, il y a aussi des choses qui m'échappent, et pourtant lui, il écrivait en français, non ? Ou est-ce que je me trompe ?

Table des matières

Dépôt légal D/2010/11674/4